De Azteekse Ring Van Het Lot

Astrologie & Inwijdingssysteem van de Oude Azteekse Wereld

Bruce Scofield
Angela Cordova

De Azteekse Ring van het Lot
Oorspronkelijke titel: The Aztec Circle of Destiny
De eerste uitgave verscheen bij; Llewellyn, St. Paul, U.S.A. 1988,
2e druk 1989

© Llewellyn, St. Paul, U.S.A. 1988
© Nederlandse uitgave Uitgeverij de Ring, Hollandscheveld, 1993

Tekst een ontwerp kaarten: Bruce Scofield & Angela Cordova
Vormgeving boek: Tom Streissguth en Terry Buske
Nederlandse vertaling: Vivian Franken
Eindredactie: Sonja Muller
Zetwerk en opmaak: Uitgeverij De Ring, Hollandscheveld
Druk: Mandarin Offset, Hong Kong

CIP-GEGEVENS KONINKLIJKE BIBLIOTHEEK, DEN HAAG

Scofield, Bruce

Azteekse Ring van het Lot / Bruce Scofield en Angela Cordova ; (ill.
Tom Streissguth ... et al. ; vert. uit het Engels door Vivian Franken) -
Hollandscheveld : De Ring. - III.
Vert. van The Aztec Circle of Destiny. - St. Paul :
Llewellyn, 1988.
ISBN 90-74358-02-0
Trefw.: orakel / astrologie.

Niets uit deze uitgave mag worden verveelvuldigd en/of openbaar worden gemaakt door middel van druk, fotocopie, microfilm, elektronisch, door geluidsopname- of weergave-apparatuur, of op enige andere wijze, zonder voorafgaande schriftelijke toestemming van de uitgever.

All rights reserved. No part of this publication may be reproduced, stored in a retrieval system, or transmitted in any form or by any means, electronic, mechanical, photocopiing, recording or otherwise, without the prior permission of the Copyright owner.

Inhoud

Voorwoord	5
Richtlijn voor de Uitspraak van Azteekse Woorden	7
Inleiding	11
De Historische Achtergrond	21
De Twintig Benoemde Dagen	31
De Dertien Getallen	101
De Divinatorische Tonalamatl	109
Het Leggen en Lezen van de Kaarten	153
Azteekse Astrologie	173
De Astrologische Tonalamatl	193
Gebruikte Literatuur	235
Bibliografie	236

 # *Voorwoord*

In het oude Midden-Amerika bestond een astrologisch divinatorisch stelsel dat gebruik maakte van twintig elementaire symbolen en dertien getallen, en vergeleken kan worden met het tarot, de runen en de I Tjing. Dit systeem van symbolen werd door de Azteken *Tonalpouhalli* en door de Maya's *Tzolkin* genoemd. Het heilige boek waarin de betekenis van de symbolen werd verklaard werd *Tonalamatl* genoemd. Hoewel in afgelegen streken van Guatemala gedeelten van dit stelsel bewaard zijn gebleven, is het grotendeels verloren gegaan. Onverdraagzame fraters verbrandden de meeste heilige boeken om te voorkomen dat een concurrerend wereldbeeld zich zou kunnen handhaven.

Jose Arguelles, de auteur van de boeken *The Mayan Factor* en *Earth Ascending*, heeft voor het eerst gewezen op het belang van de tweehonderdzestigdaagse kalender van twintig dagtekens en dertien getallen. In deze twee boeken onderzoekt hij op zijn eigen wijze de problemen die met deze kalender samenhangen en de betekenis die hij wellicht zou kunnen hebben voor de hele mensheid. Hij noemt de tweehonderdzestigdaagse kalender de "Harmonische Module" - dat zich door een westerling gemakkelijker laat uitspreken dan "Tonalpouhalli" of "Tzolkin".

Dit boek is een poging om, gebruikmakend van zowel historische als paranormale methoden, het oude Middenamerikaanse astrologische en divinatorische stelsel tot nieuw leven te wekken en het temidden van de grote divinatorische stelsels van de wereld de plaats te geven die het toekomt. Ons eerste doel was de betekenis van de twintig benoemde dagen van de Tonalpouhalli te achterhalen en te verklaren. In tegenstelling tot het tarotspel van Peter Balin, dat los van enige andere overweging interessant en mooi is, is het niet de bedoeling van dit boek Indiaanse ideeën te plaatsen binnen een Europees kader. In zijn boek *Flight of the Feathered Serpent* voegt Balin verschillende systemen samen - hij combineert de tweeëntwintig kaarten van de grote arcana van het

Europese tarot met de twintig dagtekens van het oude Midden-Amerika. Omdat wij ervan overtuigd zijn dat de cultuur van de Azteken en de Maya's al te vaak is beoordeeld naar Europese maatstaven en vooroordelen, hebben we geprobeerd de symbolen van het oude Midden-Amerika zelf tot leven te laten komen. Hoewel we ons bewust zijn van de tekortkomingen van het boek hopen we dat het kan dienen als een uitgangspunt voor verder onderzoek naar de symbolen van het Mexicaanse universum.

Wij willen van deze gelegenheid gebruik maken om Barry Orr, Butch Taylor en Joe Cordova te bedanken voor hun belangstelling en steun tijdens ons project.

Richtlijn voor de uitspraak van Azteekse woorden

De taal van de Azteken, het Nahuatl, kan voor iemand die een westerse taal spreekt grote problemen opleveren. Over het algemeen worden de woorden, met name de klinkers, uitgesproken zoals in het Spaans. Er zijn enkele eigenaardigheden: de "x" wordt uitgesproken als "sj" en "hu" wordt, wanneer het wordt gevolgd door een klinker, uitgesproken als "w". Van de uitgang "tl" van een groot aantal woorden is alleen de "t" hoorbaar, de "l" valt bijna weg doordat de tong maar even de boventanden raakt. De klemtoon van de woorden ligt op de één na laatste lettergreep, hoewel het voor veel mensen misschien gemakkelijker is "tl" als twee losse lettergrepen uit te spreken. Uitzonderingen op deze regel worden met accenttekens aangegeven.

Hieronder volgt een lijst van belangrijke woorden die in de tekst worden gebruikt, voorzien van aanwijzingen voor de uitspraak. Soms is de uitspraak niet helemaal correct, maar een dichte benadering ervan. Jammer genoeg lijkt er geen eenvoudige methodete bestaan om de subtiele klanken van het Nahuatl over te brengen via het geschreven woord. Dat heeft ertoe geleid dat er wat betreft de uitspraak verschillen in spelling zijn tussen bepaalde woorden en varianten ervan. In Mexico hoorden we hoe bepaalde woorden op verschillende manieren werden uitgesproken, waarbij elke spreker beweerde dat zijn uitspraak de juiste was.

Acatl: *Aa-catl*
Atl: *Aatl*
Calli: *Ka-lie*
Chachiuhtotolin: *Tsja-tsjie-oe-to-to-lien*
Chalchihuitlicue: *Tsjal-tsjie-wíet-lie-kew-ie*
Chantico: *Tsjan-tie-ko*
Cipactli: *Sie-paa-tlie*

Coaltl: *Kwatl*
Cozcacuauhtli: *Cos-ca-kwaa-tlie*
Cuauhtli: *Kwaa-tlie*
Cuetzpallin: *Kwetz-paa-lien*
Ehecatl: *Ee-hee-katl*
Huitzilopochtli: *Wiets-iel-oo-poch-tlie*
Itzcuintli: *Its-kwien-tlie*
Itzpapalotl: *Its-pap-a-laatl*
Malinalli: *Mal-ie-naa-lie*
Mayauel: *Mi-jaa-well*
Mazatl: *Maa-sotl*
Mictlan: *Miekt-lon*
Mictlantecuhtli: *Miekt-lon-tee-koe-tlie*
Mictlantecihuatl: *Miekt-lon-tee-sie-whatl*
Miquiztl: *Mie-kieztl*
Ocelotl: *Aa-seej-laatl*
Ollin: *Oo-lien*
Ozomatli: *Oz-o-mat-lie*
Patecatl: *Pa-tee-katl*
Quetzalcoatl: *Ket-zal-kwát*
Quiahuitl: *Kie-aa-wietl*
Tecciztecatl: *Tee-siez-tee-katl*
Tecpatl: *Tek-pattl*
Tenochtitlan: *Ten-oke-tiet-lon*
Teotihuacan: *Teej-oo-tie-waa-kán*
Tepeyollotl: *Tee-peej-o-lotl*
Tezcatlipoca: *Tez-cat-lie-po-ka*Tlaloc: *Tlal-lok*
Tlazolteotl: *Tla-sole-teej-aatl*
Tochtli: *Toch-tlie*
Tonacacihuatl: *Too-naa-ka-sie-wahtl*
Tonacatecuhtli: *Too-naa-ka-tee-koet-tlie*
Tonalamatl: *Too-bal-a-motl*
Tonalpouhalli: *Too-nal-poeh-waa-lie*

Ueuecoyotl: *Joe-ee-coj-ootl*
Xipe Totec: *Sji-peej Too-tek*
Xiuhtecuhtli: *Sjiew-tee-koet-tlie*
Xochimilco: *Sjoow-sjie-miel-ko*
Xochitl: *Sjoow-sjietl*
Xochipilli: *Sjoow-sjie-pie-lie*
Xochiquetzal: *Sjoe-sjie-ket-zal*
Xolotl: *Sjoow-lahtl*

De piramide van Quetzalcoatl bij Tula.

 *Inleiding*

In elke belangrijke oude cultuur werd een stelsel van symbolen ontwikkeld, dat de mens in de gelegenheid stelde het universum te begrijpen en dat tegelijkertijd een methode voor divinatie was. Een goed voorbeeld daarvan is het "Boek der Veranderingen", de *I Tjing*, een produkt van het oude China: door munten op te gooien of stelen van het duizendblad te werpen wordt de vraagsteller geleid naar een van de vierenzestig specifieke symbolen. Het oude Germaanse volk schiep een reeks van vijfentwintig symbolen die op stenen of stukjes hout werden geschilderd en "runen" werden genoemd. Ergens in het gebied rondom de Middellandse Zee (waarschijnlijk in Italië) ontstond een reeks van achtenzeventig voorspellende kaarten, die wij tegenwoordig het *tarot* noemen. In het oude Mexico werd ongeveer vijfentwintig honderd jaar geleden een op een kalender lijkende divinatie-methode ontwikkeld, die in de bergen van Guatemala nog steeds wordt toegepast. De Azteken noemden dit stelsel *tonalpouhalli*, de Maya's noemden het *tzolkin*. Dit divinatorische systeem, een opeenvolging van tweehonderd zestig dagen, is even gecompliceerd en geraffineerd als de al genoemde methoden, maar er is tegenwoordig weinig meer van bekend. De Spaanse missionarissen die het land binnenvielen en hun religie aan de bevolking opdrongen waren niet minder grondig in het wegvagen van elk spoor van de oude heidense cultuur waarop ze waren gestuit. Dit boek is een poging dat divinatorische stelsel te herscheppen, uitgaande van zowel historisch onderzoek als paranormale en empirische technieken om informatie die verloren is gegaan terug te vinden.

De oude beschavingen van Midden-Amerika, onder andere die van de Maya's, Tolteken en Azteken, hadden een groot aantal culturele overeenkomsten. Archeologen vertellen ons dat de oude cultuur die bloeide langs de Golf van Mexico, in ongeveer dezelfde periode als de oude Griekse beschaving, de bron was van talrijke culturele elementen die door latere beschavingen werden overgenomen. Deze oude volken worden de Olmeken genoemd, hoewel dat ongetwijfeld niet de naam is die ze voor zichzelf gebruikten. De archeologische overblijfselen van de Olmeken bevatten aanwijzingen dat ze gebruik maakten van de heilige tweehonderdzestigdaagse kalender, die de grondslag vormt van het divinatorische stelsel van Midden-Amerika. (Deze kalender bestaat uit twintig verschillende symbolen, die ieder met dertien getallen worden gecombineerd. De samenvoeging daarvan levert tweehonderd zestig combinaties op, en als aan elke combinatie een dag wordt toegekend moeten er tweehonderd zestig dagen verstreken zijn voordat de cyclus opnieuw kan beginnen.) De heilige kalender had dus zijn oorsprong in de oudste beschaving van Mexico, die het verst van ons af staat.

Toen de Spanjaarden naar de Nieuwe Wereld kwamen merkten ze dat de inheemse bevolking gebruik maakte van een kalender van tweehonderd zestig dagen om de data van religieuze gebeurtenissen vast te stellen en om te bepalen wat het lot zou zijn van iemand die op een willekeurige dag geboren was. Etnologen die zich bezig houden met de Indianen die vandaag de dag in afgelegen gebieden van Mexico en Guatemala wonen hebben ontdekt dat de tweehonderdzestigdaagse kalender nog steeds wordt gebruikt, niet alleen voor de twee eerder genoemde doelen, maar ook als methode om vragen te beantwoorden. Mensen die zijn opgeleid in de technieken van het voorspellen worden "daghouders" genoemd. Door zaden en kristallen uit een zakje te pakken en door precies te weten op welk punt van de tweehonderdzestigdaagse kalender elke willekeurige dag zich bevindt kunnen ze vragen beantwoorden, diagnoses stellen en de toekomst voorspellen, op dezelfde manier als iemand die de tarotkaart legt. We zouden dus kunnen zeggen dat de tweehonderdzestigdaagse heilige kalender zowel een vorm van astrologie als een divinatie-methode is.

Divinatie is een manier om het onbewuste de gelegenheid te geven tot de bewuste geest te spreken. Om die communicatie mogelijk te maken is een reeks symbolen noodzakelijk, die in hun totaliteit de beschrijving zijn van het universum zoals het door de cultuur in kwestie ervaren wordt. Heel oude culturen gebruikten dieren, de natuur en het menselijk leven als symbolen voor de primaire omstandigheden van het bestaan. Neem bijvoorbeeld de dierenriem van de oude Mesopotamiërs, die nog steeds wordt gebruikt. Tot deze groep van twaalf primaire aspecten van het universum zoals de Mesopotamiërs het opvatten behoren zeven dieren, drie mensen, een mens-dier en een weegschaal. Het gebruik van dieren als symbool voor de verschillende aspecten van het universum zoals we dat beleven dwingt ons te beseffen dat nog niet zo lang geleden wij mensen niet de heersers over de planeet waren die wij nú zijn. Dieren waren ooit een alledaags aspect van het leven. De unieke kenmerken van een bepaalde diersoort kon worden gebruikt ter omschrijving van en ter bepaling van de gedachten over het leven van een mens. De leeuw, bijvoorbeeld, is een dominant dier; mensen die dominant zijn zouden "leeuwen" genoemd kunnen worden. De naam van een bepaald dier zou ook kunnen dienen om een reeks verwante ideeën bijeen te brengen op een manier die niet ingaat tegen de natuurlijke orde der dingen. Met andere woorden, de mens gebruikte configuraties van gedrag zoals hij die aantrof in de natuur om de wisselvalligheden van de menselijke belevingswereld tot uitdrukking te brengen. Het universum zoals hij dat ervoer kon op die manier worden benoemd - en dat was een beslissende stap in de richting van beheersing van het universum zoals men het ervoer.

Wanneer ze voor divinatorische doeleinden worden gebruikt laat men de reeks symbolen, waarmee men het universum van de ervaring in kaart brengt, zich op een willekeurige manier rangschikken, zodat de bewuste geest van de kaartlegger het proces niet kan beïnvloeden. Er zijn verschillende methoden voor het verzamelen van de symbolen. In het geval van de I Tjing worden drie munten zes maal opgeworpen. In het geval van het tarot worden de kaarten geschud of willekeurig uit de stapel getrokken. De runen worden geworpen als dobbelstenen (die in oorsprong eveneens een divinatie-methode waren), of willekeurig uit een zakje gepakt. Traditioneel werden de goden of geesten aangeroepen met het verzoek het proces van het voorspellen direct te leiden. Tegenwoordig beschouwen veel mensen het proces van het schudden als een manier om de bewuste geest af te sluiten en het onbewuste de gelegenheid te geven volgens zijn eigen wetten te werk te gaan. De achterliggende gedachte is dat op die manier een terugkoppeling tot stand komt tussen degene die de handelingen verricht en de goden - of zijn eigen onbewuste.

Iedereen die zich verdiept in de weinige bewaard gebleven boeken over de oude Azteken en Maya's, die kort na de onderwerping door katholieke fraters werden geschreven, zal merken dat de traditionele verklaringen voor de verschillende combinaties van de tweehonderdzestigdaagse kalender vrijwel volledig verloren zijn gegaan. Het ging de fraters erom de heidense tradities uit te roeien. Als ze schreven over de samenleving van de Azteken en de Maya's was dat alleen om andere missionarissen in de gelegenheid te stellen de zaken die uitgebannen moesten worden te herkennen. Voor hen was de kalender slechts een van de vele werken van de duivel. De fraters verbrandden vrijwel alle boeken met afbeeldingen en symbolen van de Indianen, die, in symbolische vorm, misschien een diepere kennis van de kalender bevatten dan door informanten na de onderwerping werd meegedeeld. Kortom, de moderne onderzoeker die probeert de astrologie en de divinatorische methoden van de oude Azteken en Maya's te reconstrueren aan de hand van bronnen uit de tijd zelf loopt al snel vast. Dat is het moment waarop de toepassing van empirische en paranormale methoden serieus in overweging genomen moet worden, de methode die door ons werd gevolgd.

We besloten ons onderzoek te beginnen met een poging enig inzicht te krijgen in de aard van de twintig benoemde dagen. Aanvankelijk werd gebruik gemaakt van twee technieken. In het begin van het onderzoek paste Angela droom-programmering toe om tot associaties met de twintig benoemde dagen te komen. Voordat ze ging slapen prentte ze zich de naam van een bepaald dagteken in. Wanneer ze de volgende ochtend wakker werd schreef ze onmiddellijk op welke dingen tot haar gekomen waren. Op die manier werd een grote hoeveelheid waardevolle informatie verkregen.

Een tweede methode die werd toegepast verliep trager, maar had even veel succes. Er werden twee reeksen van twintig kaarten gemaakt die elk de naam van één van de benoemde dagen droegen. Aan het begin van de dag schudden we de kaarten terwijl we in onszelf vroegen om een kaart die de meest opmerkelijke ge

De piramide van de zon bij Teotihuacán, in de klassieke periode het belangrijkste centrum in Mexico.

beurtenissen van die dag het best zou symboliseren, waarna we een willekeurige kaart trokken.

Vervolgens noteerden we 's avonds in een dagboek wat er die dag was gebeurd. Na ongeveer twee maanden werden hieraan ook nog de dertien getallen toegevoegd. Al snel bleek dat de kaarten in duidelijke patronen vielen en na zes maanden beschikten we over voldoende informatie om over de benoemde dagen en hun numerieke varianten korte tekstjes te kunnen schrijven.

Het gevolg van dit eerste onderzoek was de opzet van een symbolisch beeld voor elk van de twintig dagen. Voor de meeste van de twintig symbolen kreeg Angela beelden door de toepassing van droom-programmering. Later verscheen het volledige beeld van de dagtekens Kaaiman en Aap aan Bruce, in twee afzonderlijke dromen. De rest van de dagtekens kwam tot stand door de inbreng van ons beiden. De tekeningen zijn het werk van Bruce. Hij maakte daarvoor gebruik van de stijl van de Azteekse kunstenaars uit de periode ná de onderwerping, die de Codex Mendoza schilderden en de boeken van Durán en Sahagún illustreerden, twee priesters die zich tot doel hadden gesteld de Azteekse cultuur te vernietigen.

Bovendien wichelden we (met behulp van een pendel of een roede) om de aard van de benoemde dagen en de getallen te controleren. In de eerste fase van het onderzoek konden we door te wichelen bepalen wat de astrologische overeenkomst met elk van de twintig benoemde dagen was. Later werden alle tweehonderd zestig mogelijke combinaties van dag en getal gecontroleerd aan de hand van verwijzend wichelen. Eerst kozen we onafhankelijk van elkaar beschrijvende woorden en zinnen voor elke combinatie. Daarna las de één wat we hadden uitgekozen terwijl de ander wichelde om de nauwkeurigheid ervan te vergroten. Als de wichelroede "Ja" zei werd het woord of de zin gehandhaafd; als hij "Nee" zei werd het geschrapt. Op die manier werd een groot aantal kenmerken bepaald, die zowel voor het astrologische als voor het divinatorische aspect van het onderzoek nuttig waren.

We pasten automatisch schrijven en trance-werk toe om meer informatie te krijgen over de betekenis van de getallen. Aanvankelijk werden de getallen van één tot dertien eenvoudig op afzonderlijke kaartjes geschreven en willekeurig getrokken om op die manier experimentele informatie te verkrijgen, zoals we dat ook met de benoemde dagen hadden gedaan. Later werden de getallen geschilderd op ronde houten schijven en trokken we ze uit een zakje zoals dat ook voor de runen wordt gebruikt. Wanneer we het automatische schrift toepasten trok één van ons beiden een schijf uit het zakje en hield het in zijn/haar handen terwijl hij/zij over het getal dacht. De ander schreef vervolgens op wat er in haar/hem opkwam. Hierbij fungeerden we beiden soms als zender, soms als ontvanger. Aanvullende informatie werd verkregen toen één van ons beiden, Angela, in een toestand van trance werd ondervraagd. De resultaten van dit paranormale onderzoek vormt de basis voor het hoofdstuk over de getallen.

Zoals al is opgemerkt werd de tweehonderdzestigdaagse kalender gebruikt door alle belangrijke culturen van Midden-Amerika. Hoewel van hen de Maya's ontegenzeglijk de hoogst ontwikkelde wiskundigen en sterrenkundigen waren, is er maar heel weinig informatie over de Maya interpretatie van de twintig benoemde dagen. Als gevolg van uitvoerig archeologisch onderzoek is meer bekend over hun astronomie en hun kalenderwetenschappen dan over hun divinatorische gebruiken. Verder was in de periode van de Spaanse veroveringen de Maya beschaving al in verval; veel kennis was waarschijnlijk al verloren gegaan vóór de komst van de Spanjaarden.

De Azteken echter beleefden in de periode dat Cortez landde hun bloeitijd. Via de katholieke fraters lieten ze veel gedetailleerde informatie na over hun cultuur, met inbegrip van enkele beschrijvingen van de twintig benoemde dagen. De Azteken uit de periode na de onderwerping lieten talloze tekeningen na van hun dagelijks leven en van de goden, die dienden als voorbeeld voor het ontwerp van de kaarten die bij dit boek horen. Zowel bij de Maya's als bij de Azteken werden overeenkomsten tussen het dagteken en de godheid genoteerd, maar ook hier is er meer Azteeks materiaal. Daarom besloten we voor onze herschepping van de twintig benoemde dagen gebruik te maken van de Azteekse symboliek. We maakten gebruik van informatie die afkomstig is uit de Maya beschaving en uit de door de daghouders in stand gehouden mondelinge overlevering van de huidige Quiche Maya's, maar deze informatie werd door de beeldenwereld van de oude Azteekse cultuur gesluisd.

Deze reconstructie van het divinatorische en astrologische stelsel van Midden-Amerika is dus deels geschiedenis en deels paranormale archeologie. Een van ons, Bruce, heeft zich verscheidene jaren verdiept in de bestudering van de oude Mexicaanse culturen en had daardoor ongetwijfeld informatie geïnternaliseerd, of in zijn onderbewuste opgeslagen, die spectaculaire paranormale resultaten kon opleveren. Of dit een positieve invloed heeft gehad op ons project valt moeilijk te zeggen. Het onderbewuste verwerkt over het algemeen informatie op een heel andere manier dan de bewuste geest. Het paranormale onderzoek kan eenvoudig worden gezien als een methode om volledig verwerkt materiaal naar de oppervlakte te brengen, dat aanvankelijk in de geest werd opgenomen door het lezen van boeken en het verkennen van de Mexicaanse ruïnes. Met Angela was dat niet het geval, zij werd weliswaar geboren in Mexico en is deels van Azteekse afkomst (Nahuatl), maar ze heeft de oude Mexicaanse culturen niet diepgaand bestudeerd. Angela maakte eenvoudig gebruik van haar paranormale vermogens om voor het verkrijgen van het materiaal dat we wilden verzamelen indrukken op te pakken en in contact te komen met geleidegeesten. En het is niet ondenkbaar dat haar afstemming op het Mexicaanse divinatorische stelsel werd vergemakkelijkt door het feit dat zij een afstammeling is van de oude Azteken.

Azteekse schrijfkunst.
Een bladzijde uit de Codex Telleriano-Remensis die de periode van 1424 tot 1439 beschrijft. De cartouches bevatten de namen van de jaren en geven het bewijs van de opeenvolging van de vier dagen in combinatie met de dertien getallen.

De best bewaard gebleven Azteekse piramide bij Santa Cecilia. De tempel op de top van de piramide is de enige nog bestaande Azteekse tempel in Mexico.

Hoofdstuk 1
De Historische Achtergrond

Divinatie met behulp van een stelsel van symbolen is iets dat we vanaf de vroegste tijden in alle belangrijke beschavingen vinden. In de meeste gevallen is er sprake van een opvallende samenhang en verbondenheid met de hemelverschijnselen; de beweging van de opkomende en ondergaande zon langs de horizon houdt verband met de wisseling van de seizoenen en is bepalend voor de vier windstreken. Dat geldt voor de I Tjing, die een dergelijke samenhang laat zien in de acht primaire trigrammen, die het uitgangspunt vormen voor de vierenzestig hexagrammen. In de wereld van Midden-Amerika wordt de tweehonderdzestigdaagse divinatorische kalender vandaag de dag nog steeds in zijn archaïsche vorm gebruikt. Misschien zouden de culturen van Midden-Amerika, als ze niet zo plotseling waren overvallen, ooit een geschreven document hebben geproduceerd, zoals de I Tjing, dat door de geleerden becommentarieerd en aangevuld had kunnen worden. Maar het mocht niet zo zijn. In de tijd van de veroveringen hadden noch de Maya's noch de Azteken het schrift ontdekt.

In ons onderzoek naar de tweehonderdzestigdaagse divinatorische kalender hebben we bronnen van zowel Maya's als Azteken onderzocht. Net als alle andere belangrijke culturen van het oude Midden-Amerika (waaronder die van de Tolteken en de Zapoteken) gebruikten beide volken in principe dezelfde twintig benamingen voor de dagen en dezelfde dertien getallen. De onderlinge verschillen waren gering - de Maya's associeerden de dagtekens met Maya-goden en de Azteken met Azteekse goden, maar zelfs de godenstelsels waren aan elkaar gelijk. Omdat er meer bronnen van informatie zijn over het Azteekse gebruik van het divinatorische stelsel hebben we ervoor gekozen het stelsel in zijn Azteekse vorm te presenteren. Het is bekend dat de Azteekse kennis van de tijd, de cycli en de kalender veel minder gedetailleerd was dan die van de Maya's, maar zonder bronnen is het nauwelijks mogelijk het Maya-stelsel te verhelderen.

Onze primaire informatiebronnen over de historische betekenis van de dagtekens zijn de geschriften van Fray Diego Durán en Fray Bernardino de Sahagún. Zowel Durán als Sahagún kregen hun inlichtingen enige tijd ná de onderwerping van Azteekse informanten. Door over de Azteekse divinatie te schrijven wilden ze andere missionarissen van het bestaan ervan op de hoogte stellen, zodat dit alles volledig uit de geest van de Indianen kon worden weggevaagd. Als gevolg van deze invalshoek getuigt het materiaal van weinig inzicht en bestaat het over het algemeen uit eenvoudige, gunstige of ongunstige beschrijvingen van symbolische betekenissen. Beiden beschouwden de twintig benoemde dagen als het werk van de duivel en beiden geven vaak blijk van hun minachting ervoor. Nadat hij een flinke hoeveelheid informatie over de eerste dagen had vermeld begon het Sahagún te vervelen en raffelde hij de rest af.

Ondanks al hun tekortkomingen zijn de geschriften van Durán en Sahagún van de bewaard gebleven boeken en codices het meest toegankelijk. Er bestaan verscheidene Azteekse manuscripten, die werden geschreven vóór de verovering, waarin de verschillende dagtekens met bepaalde goden worden verbonden. Deze gewijde prentenbundels, vooral de boeken die betrekking hebben op de betekenis van de dagtekens, werden door de Azteken de *Tonalmatl* genoemd, het "Boek van het Lot". De tekeningen in deze boeken zijn zeer gestileerd en bijzonder moeilijk te interpreteren. De experts op het gebied van divinatie in het oude Midden-Amerika maakten deel uit van een mondelinge traditie. Zonder boeken wordt kennis een kwestie van formules en structuren, zodat men het materiaal gemakkelijker in het geheugen kan opslaan. Het is de vraag of de informanten van Durán en Sahagún werke-lijke kalenderbewaarders of astrologen waren. Het weinige waarover we beschikken bestaat dus vermoe-delijk uit gegevens uit de tweede of derde hand, afkomstig van een paar oude mannen die iets over het onderwerp wisten, maar niet tot de traditie zelf behoorden. De enkeling die over werkelijk interessante informatie beschikte zou zijn geheimen niet aan de veroveraars hebben prijs gegeven.

Dit is een geschikt moment om iets te zeggen over de historische achtergrond van de Azteken. Zij waren een volk van krijgers, dat op zoek naar een nieuw woongebied de vruchtbare vallei van Mexico was ingetrokken; op het moment van de onderwerping waren de Azteken het machtigste volk in heel Midden-Amerika, hoewel ze die positie pas een eeuw eerder hadden veroverd. Overeenkomstig hun traditie werden ze door een priester van hun voornaamste god, Huitzilopotchli, geleid naar een plaats waar een van tevoren aangekondigd teken was gezien. Dat teken was de adelaar op de cactus, die tegenwoordig deel uitmaakt van de Mexicaanse vlag. De plek die ze vonden was een eiland in het grote meer dat eens de vallei van Mexico had gevuld.

Het meer werd door de Spanjaarden drooggelegd en tegenwoordig zijn er nog slechts een paar miserabele resten van over, onder andere de zachte modder die de grond vormt waarop een deel van Mexico-Stad is gebouwd. Voor hun komst woonden er andere groepen in steden aan of in de directe nabijheid van het meer, en van hen begonnen de Azteken de culturele erfenis van eerdere en meer luisterrijke beschavingen over te nemen. Enkele honderden jaren vóór de Azteken en de andere bewoners van het gebied rond het meer, hadden de Tolteken daar een rijk gesticht; maar ook zij hadden een oudere culturele erfenis doorgegeven, die in verband wordt gebracht met de grote stad Teotihuacan, waarvan de ruïnes tegenwoordig nog te zien zijn, even buiten Mexico-Stad.

De Azteken maakten zich in zeer korte tijd van de omgeving meester en begonnen aan een reeks van veroveringen die leidden tot de onderwerping van alle andere steden in de vallei van Mexico en een groot aantal andere, verder gelegen steden. Terwijl ze op grote schaal profiteerden van de rijke traditionele culturen gaven ze tegelijkertijd de aanzet tot oorlogen en bloedige offers. Ze stelden hun eigen oorlogsgod boven alle andere goden, met uitzondering misschien van Tlaloc, de god van regen en vruchtbaarheid (want hoe moest je per slot van rekening vechten als je niets te eten had?). Toen Cortez op het toneel verscheen vond hij een beschaving die zowel barbaars als beschaafd was. Omdat er van de oudere culturen weinig was overgebleven werden de Azteken de voornaamste dragers van een oude, creatieve cultuur. Daarom hebben we veel van wat we over de eerdere perioden weten aan hen te danken.

De Azteken vereerden een pantheon van goden, dat in een aantal opzichten niet meer was dan een variant op het traditionele pantheon van andere Midden-amerikaanse culturen. Het kwam erop neer dat er natuurgoden waren die van belang waren voor de boeren, krijgs- en hemelgoden met wie de jagers en de priesters zich verbonden voelden, afstandelijke schep-pende goden, godinnen die verschilden van de natuur- en vruchtbaarheidsgodinnen en nog enkele gespecia-liseerde goden. Voor de Azteken was de belangrijkste natuurgod Tlaloc, de god van de regen. Er werd van hem gezegd dat hij op een berg woonde en om hem gunstig te stemmen brachten de Azteken offers van kleine kinderen. Dat is niet zo bizar als het lijkt: ook de Feniciërs en andere mediterrane culturen brachten dergelijke offers.

Van de krijgsgoden was Huitzilopochtli de belang-rijkste; volgens de Azteken was hij degene die mensenharten nodig had. Huitzilopochtli was misschien een oude, vereerde aanvoerder van de Azteken - niemand kan het met zekerheid zeggen - maar ze ver-hieven hem tot de hoogste status en hij deelde de voornaamste tempel met Tlaloc. Een andere belangrijke krijgsgod was Tezcatlipoca, de god van de "duistere zijde" die voor de Tolteken zo belangrijk was. Ook al waren zowel Huitzilopochtli als Tezcatlipoca enigszins duister en wreed, er waren banden tussen deze goden en de zon; Huitzilopochtli betekent zelfs letterlijk "kolibrie aan de linker

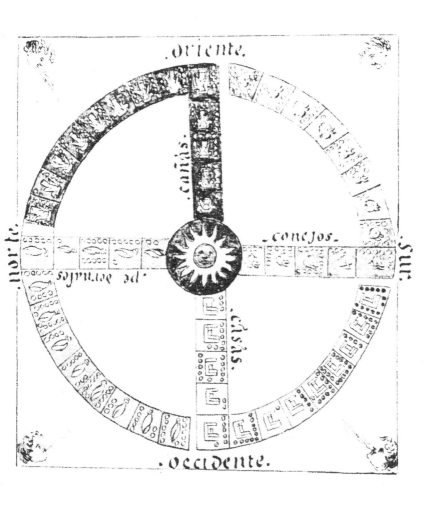

De Azteekse cyclus van tweeënvijftig jaren, in vier delen van elk dertien jaren verdeeld; elk deel werd in verband gebracht met een windstreek, in een juxtapositie van tijd en plaats. In tegenstelling tot de Europese methode wordt het oosten hier bovenaan geplaatst.

kant",hetgeen een verwijzing is naar de Zon in het zuiden.

Quetzalcoatl was een andere zeer oude god die de meeste culturen van het oude Midden-Amerika met elkaar gemeen hadden. Hij was een god, of misschien een man, die naar de vroegere nederzettingen de beschaving had gebracht. Hij werd in verband gebracht met de wind, met kennis en met divinatie en astrologie. De Azteken onderhielden ter ere van hem een tempel, hoewel hij voor hen veel minder belangrijk was dan de andere, krijgszuchtiger goden. In zekere zin blijkt hieruit hoezeer de Azteken eenvoudig de barbaarse dragers waren van een veel oudere, meer beschaafde traditie.

We beschikken over aanwijzingen dat omstreeks 600 voor Chr. de bewoners van Midden-Amerika een geheime kalender van tweehonderd zestig dagen gebruikten, die door de Azteken de *Tonalpouhalli* werd genoemd. Deze reeks van tweehonderd zestig dagen is nog steeds zeer mysterieus en de geleerden zijn het er niet over eens hoe zij is ontstaan. Een van de mogelijkheden is dat het de duur van de menselijke draagtijd is. Dat is het antwoord dat de huidige sjamanen van Guatemala geven. Volgens verscheidene vooraanstaande archeo-astronomen zou het het aantal dagen zijn waarop in Copan of Itzpa, steden waar de Middenamerikaanse astronomie en astrologie wellicht hun oorsprong hebben, de zon ten zuiden van het zenit staat. Ook een benadering van het aantal dagen waarop Venus als avond- of morgenster verschijnt, een cyclus met een gemiddelde van tweehonderd drieënzestig dagen, is een mogelijkheid. Verder is er een aantal tamelijk exacte correlaties tussen de periode van tweehonderd zestig dagen en verscheidene astro-nomische cycli, onder andere de synodische periode van Mars en de cyclus van de verduisteringen.

De periode van tweehonderd zestig dagen werd bovendien gekoppeld aan het civiele kalenderjaar, dat net als het onze een zonnejaar van driehonderd vijfenzestig dagen was. Deze twee vielen slechts eens in de tweeënvijftig jaar samen: tweeënvijftig zonnejaren waren precies evenveel als drieënzeventig sacrale jaren. De Azteken beschouwden de periode van tweeënvijftig jaar zoals wij een eeuw opvatten, een tijdssegment dat de ene historische periode van de andere scheidt. Binnen deze periode van tweeënvijftig jaar, dat wil zeggen 18 980 dagen, die de kalenderronde werd genoemd, hadden geen twee dagen dezelfde naam. Van de twintig benoemde dagen konden er slechts vier op de eerste dag van een willekeurig jaar vallen. De cyclus van twintig dagen wordt in een jaar van driehonderd vijfenzestig dagen achttien maal herhaald, waarna er nog vijf dagen over zijn. Welke benoemde dag er ook viel op de eerste dag van het civiele jaar, de dag die vijf plaatsen verder stond zou de eerste van het volgende jaar zijn. Omdat er twintig dagen waren begon na vier jaar de civiele kalender met dezelfde benoemde dag die het uitgangspunt was geweest. Deze vier bijzondere dagen, de enige waarmee de civiele kalender kon beginnen, werden de "jaardragers" genoemd. In de tijd van de Azteken waren de dagtekens *Riet*, *Mes*, *Huis* en *Konijn* de jaardragers.

De dag waarop iemand werd geboren was in het oude Midden-Amerika een dag met een unieke naam, die pas tweeënvijftig jaar later zou terugkeren. Met elke dag was een bijzonder lot verbonden en alleen de geleerdste mannen, de astroloog-priesters, waren in staat de betekenissen van de 18 980 mogelijke combinaties van de sacrale kalender en de zonnekalender te interpreteren. De geboortedatum was doorslaggevend voor iemands temperament en bestemming en gaf aan welke goden gunstig gezind en welke vijandig waren. Onmiddellijk na de geboorte brachten de ouders de pasgeborene naar de astroloog-priester, die hem of haar een naam gaf, gebaseerd op het getal en het teken van de geboortedag. Volgens de oude wijsheid van Midden-Amerika werd iemands lot bepaald door de dag waarop hij of zij was geboren en stond dat lot in de heilige boeken te lezen. De geboortedag gaf het toekomstige beroep van het kind aan en de priesters gaven aan de ouders een interpretatie van zijn of haar lotsbestemming. Het was bij de Azteken mogelijk deze doop enige dagen uit te stellen, zodat het kind de naam van een gunstiger dag zou krijgen. Men gebruikte de cycli van de dagen ook ter bepaling van het tijdstip waarop verschillende gebeurtenissen hun aanvang zouden hebben. Belangrijke religieuze dagen werden gekozen aan de hand van de sacrale kalender en kooplieden wachtten bepaalde dagen af voordat ze een reis ondernamen om handelswaar in te kopen.

Behalve de naamgeving van de dagen en de lots-bestemmingen kende het oude Midden-Amerika blijkbaar ook een stelsel van uren. Kennelijk was de dagcyclus opgedeeld in dertien uren, waarvan het zevende uur het middaguur was, en werd de nacht opgedeeld in negen uren, waarvan het vijfde samenviel met middernacht. Volgens dit stelsel waren het eerste uur van de dag en van de nacht goed, het tweede slecht, enzovoort, met uitzondering van het laatste uur van zowel de dag als de nacht, die als slecht werden beschouwd. Men meende dat iemands lot werd beïnvloed door het uur van de dag of de nacht waarop hij was geboren. Remedies tegen ziekte werden eveneens bepaald door de aard van het uur waarop men ziek was geworden. Deze aandacht voor de twintig dagtekens en de aard van het uur waarop men ziek geworden was stelde de Middenamerikaanse artsen in staat de patiënten te behandelen overeenkomstig een vaste reeks van regels. Elk van de twintig dagtekens correspondeerde met een deel van het lichaam, te vergelijken met het stelsel van overeenkomsten tussen de dierenriem en de delen van het lichaam dat in het Westen werd ontwikkeld.

In het afgelegen hoogland van Guatemala dat door de Quiche Maya's wordt bewoond is de tweehonderdzestigdaagse tijdrekening in zowel divinatorische als astrologische vorm blijven bestaan. De antropologe Barbara Tedlock was verscheidene jaren een leerling van een daghouder in dat gebied en heeft over deze huidige toepassing een boek geschreven. Omdat de kennis van de dagen nog steeds mondeling wordt overgeleverd moest ze de volgorde van de tweehonderdzestig dagen uit haar hoofd kennen en weten hoe ze voorwaarts en achterwaarts in de tijd moest rekenen om het dagteken en het getal voor een bepaalde datum te kunnen vinden. De daghouders van Guatemala leveren nog steeds strijd met de katholieke priesters, die hun oude tradities op het gebied van de kalender en divinatie willen afschaffen. Gelukkig is een deel van deze informatie in het boek van Tedlock vastgelegd voor toekomstige generaties.

Wanneer we ons verdiepen in de manier waarop de tweehonderdzestigdaagse tijdrekening tegenwoordig wordt gebruikt, geeft dat ons een belangrijk inzicht in de manier waarop deze tijdrekening in vroegere perioden gebruikt zou kunnen zijn. De namen van de tekens zijn weliswaar veranderd, maar de reeks zelf niet, en we mogen wel aannemen dat veel andere aspecten van het stelsel in de mondelinge overlevering bewaard zijn gebleven. De Guatemalteekse daghouders kennen een buitengewoon ingewikkelde reeks van heilige dagen, die worden vastgesteld volgens de tweehonderdzestigdaagse kalender en daarom niet overeenkomen met de seizoenen. Er zijn bepaalde heiligdommen waar men naar toe gaat en bepaalde riten die op dergelijke momenten moeten worden uitgevoerd. De inwijding van een daghouder moet bijvoorbeeld op een bepaalde dag plaatsvinden, huwelijken moeten worden gesloten op andere dagen. Wanneer iemand een daghouder raadpleegt vertelt hij/zij aan hem zijn/haar geboortedag, zodat de daghouder het dagteken en het getal van de geboortedag kan vaststellen. Om op de vraag van een cliënt te kunnen antwoorden legt de daghouder een paar kwartskristallen neer, steekt vervolgens zijn hand in een zakje met zaden een haalt daarvan een handvol tevoorschijn. Die zaden worden gerangschikt in bergjes van vier. Het aantal bergjes wordt opgeteld bij het dagteken en het getal van de dag waarop dit alles plaatsvindt, zodat hij bij een nieuw teken en een nieuw getal uitkomt. De daghouder, die de betekenissen van alle combinaties uit zijn hoofd kent, kan vervolgens een interpretatie geven. Hij of zij besteedt ook aandacht aan andere voortekens, vooral snelle zenuwtrekkingen (die "bliksemschichten van het bloed" worden genoemd) in de verschillende delen van het lichaam. De daghouder is in feite een "lezer", zoals een moderne lezer van het tarot die een systeem van symbolen gebruikt dat eveneens een soort kalender is.

In haar boek vermeldt Barbara Tedlock een aantal betekenissen van de verschillende dagtekens. De interpretaties zijn misschien zeer relevant voor de Quiche Maya's die in de dorpjes van het hoogland van Guatemala leven, maar voor mensen in de moderne wereld hebben ze geen betekenis. De wereld van het afgelegen Guatemala is zelfs nog beperkter qua mogelijkheden dan de wereld van de grote ceremoniële en culturele centra in het oude Midden-Amerika.

We hebben ernaar gestreefd een vorm van dit oude, Middenamerikaanse stelsel van divinatorische en astrologische symbolen tot nieuw leven te wekken, in de hoop dat op die manier een groot aantal mensen de mogelijkheden ervan zal kunnen verkennen. De symbolen zijn primair en zullen bij sommigen misschien diepe reacties opwekken. De afbeeldingen, die zowel voor het voorspellen met behulp van de kaarten als voor de astrologie worden gebruikt, zijn niet meer dan een eerste poging iets dat ooit verloren ging weer beschikbaar te maken.

De Azteekse kosmische bomen die de vuurgod Xiuhtecutli omringen; ontleend aan de Oud-Mexicaanse Codex Fejervary-Mayer, Liverpool.

Hoofdstuk 2

De Twintig Benoemde Dagen

Op de nu volgende bladzijden worden de twintig benoemde dagen beschreven van de Tonalpouhalli, de heilige tweehonderdzestigdaagse kalender. De Azteekse symbolen worden geïntroduceerd, voorzien van enige informatie over de ermee verbonden godheid en over de betekenis die het symbool voor de Azteken kan hebben gehad. Deze twintig symbolen zijn te zien op de befaamde Mexicaanse kalendersteen, waar ze de centrale figuur omringen. Ook zijn bladvullende tekeningen van de god of godin opgenomen, daterend uit de periode voor de onderwerping; aan de onderzijde staat hun Azteekse naam, aan de bovenzijde de Azteekse dagnaam.

Onder de kop "moderne symboliek" wordt nogmaals het dagteken beschreven, ditmaal gezien vanuit de symbolische tekening voor het teken die wij langs paranormale weg verkregen. De oorspronkelijke illustraties, getekend in de stijl van de Azteekse kunstenaars uit de periode na de onderwerping, zijn afgebeeld naast de tekst. Soms hebben we wat historisch of mythologisch materiaal toegevoegd, waar dat voor het symbool relevant was.

Wij beschouwen de twintig benoemde dagen als symbolen die het universum van de oude bewoners van Midden-Amerika beschrijven, met name dat van de Azteken. Elk dagteken vertegenwoordigt een groep of een complex van ideeën, die zijn geconcentreerd in het symbool. De tweeëntwintig dagtekens werden gebruikt als een kaart van het universum zoals men dat ervoer, en als divinatorische methode, op een manier die te vergelijken is met de tweeëntwintig kaarten van de grote arcana

van het tarot of de vierentwintig runen van de oude Germaanse stammen. Hoewel we ons ervan bewust zijn dat er twee volgorden of reeksen van dagtekens bekend waren bij en gebruikt werden door de oude astrologen en waar-zeggers, hebben we in ons onderzoek gekozen voor de meest elementaire volgorde, de eenvoudige opeenvolging van de dagen. Deze volgorde, die begint met het teken Kaaiman en wordt besloten met Bloem, is niet de volgorde die in de meeste oude prentenbundels te vinden is. De secundaire volgorde is gebaseerd op de opeenvolging van de perioden van dertien dagen en heeft misschien een diepere, meer occulte betekenis gehad. Omdat er vrijwel niets bekend is over de dagtekens in deze volgorde hebben we ervoor gekozen ons te concentreren op de meer fundamentele opeenvolging, in de hoop hiermee de grondslag te leggen voor uitvoeriger onderzoek.

Kaaiman

Cipactli

Tonacatecuhtli

Azteekse symboliek

Traditioneel werd het eerste van de twintig dagtekens gesymboliseerd door de kop van een kaaiman of krokodil. De ontbrekende onderkaak was afgerukt door de Azteekse godheid Tonacatecuhtli toen hij het ondier uit de oerdiepten naar boven sleurde. Tonacatecuhtli was de naam die gegeven werd aan de scheppende god (of kracht) die in de hoogste van de dertien hemelen verbleef. Zijn vrouw was Tonacacihuatl, de vrouwelijke scheppende god. Samen schiepen zij, "de Heer en de Vrouwe van het Levensonderhoud", de aarde en de andere goden, die op hun beurt de mensheid schiepen.

Volgens de Azteekse en Tolteekse mythe transformeerden Tezcatlipoca en Quetzalcoatl, de eerste kinderen van het echtpaar, zich tot slangen; Tezcatlipoca vertegenwoordigde de duisternis, Quetzalcoatl het licht. Door zich om de kaaiman heen te kronkelen trokken Tezcatlipoca en Quetzalcoatl haar uit elkaar. Haar bovenkant werd de hemel, haar onderkant de aarde. De planten werden geschapen uit de haren van de kaaiman, bronnen en grotten ontstonden uit haar ogen, de rivieren stroomden uit haar bek en de bergen en dalen ontwikkelden zich uit haar neus. De kaaiman was een monsterlijke Moeder Aarde die ronddreef in een grote zee.

Het dagteken van de kaaiman is te vergelijken met de mythe van de draak die in veel oude culturen voorkomt. Men denkt dat de draak of oerslang een symbool is voor de chaos die aan de schepping vooraf gaat. De draak moet door de goden in stukken worden gehakt, opdat de kosmos zichtbaar kan worden.

Moderne symboliek

De kaaiman symboliseert het begrip van de duistere werelden boven en onder ons, en verwondering over de oorsprong van de materie en de betekenis van alle dingen. De diepte van de zee vertegenwoordigt de diepe bron van de onbewuste geest. Door uit de diepten van het onbewuste naar de oppervlakte te komen neemt de schepping een aanvang. Metafysisch komt de wereld tevoorschijn uit het kosmische ei, dat de oorsprong is van de sterren, de planeten en de gehele schepping.

De beschermende houding en het besef van territorialiteit worden gesymboliseerd doordat de kaaiman een ei omklemt. Op het persoonlijke niveau vertegenwoordigt het ei bovendien een latente creativiteit. In de vrije natuur zijn kaaimannen bijzonder beschermend als het om hun nakomelingen gaat; ze bouwen nesten die niet alleen zijn bedoeld om henzelf te beschermen, maar ook ruimte en een bron van voedsel bieden aan andere in het water levende dieren. Kaaimannen blijven vaak een lange tijd stil liggen, om vervolgens snel in beweging te komen wanneer een kracht van buitenaf hen daartoe aanzet. Net als het dier kaaiman zorgt het "karakter" kaaiman voor een veilig onderkomen en is geneigd tot zowel onbeweeglijke rust als snelle beweging.

Wind

Ehecatl

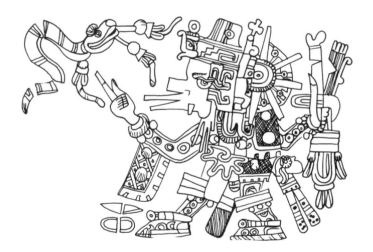

Quetzalcoatl

Azteekse symboliek

Dit dagteken wordt gesymboliseerd door en geassocieerd met de god Quetzalcoatl in zijn manifestatie als Ehecatl, de god van de wind. In de oude Azteekse kunst droeg Ehecatl een oranjerood vogelbekmasker, waardoorheen hij de wind blies die voorafgaand aan een regenbui over de wegen raasde. De wind werd beschouwd als de adem van het leven en de activiteit van de intelligentie in de menselijke geest. In de Azteekse mythologie werd Quetzalcoatl gezien als de god van beschaving en geleerdheid.

Aangenomen wordt dat Quetzalcoatl staat voor de bewuste schepping van het universum, tot stand gebracht door de vereniging van geest en stof. Van Quetzalcoatl (letterlijk: "gevederde slang") wordt beweerd dat hij de kunsten, het schrift en de kalender van het oude Mexico heeft uitgevonden en tot ontwikkeling gebracht. In het Nahuatl, de taal van de Azteken, symboliseert de vogel (quetzal) de hemel en de spirituele energie, de slang (coatl) de aarde en de stoffelijke krachten.

Moderne symboliek

De kalmte van de zachtblauwe hemel symboliseert de mogelijkheid van een duidelijke communicatie. Twee Azteekse Indianen zijn bijeengekomen om van gedachten te wisselen terwijl Ehecatl de lucht van de intelligentie blaast om wijsheid voort te brengen. Twee verschillend geklede mannen, die op hetzelfde niveau zitten, zien in dat communicatie universeel is en niet beperkt blijft tot de leden van één stam of clan.

De uit veren gesneden pennen en de hiëroglifische lettertekens roepen de gedachte op aan letters, woorden en symbolen die voor de overdracht van wijsheid noodzakelijk zijn. Symbolen zijn "in-formatie", structuren die gekoppeld zijn aan ideeën. Om de uitwisseling van gedachten te kunnen doen plaatsvinden heeft men de taal nodig, die een stelsel van symbolen is. Net als Ehecatl duidt het moderne teken Wind op communicatie en de uitwisseling van ideeën.

Huis

Calli

Tepeyollotl

| Calli | 3 HUIS | Casa |

Azteekse symboliek

Het traditionele Azteekse symbool was een in verdiepingen gebouwde tempel met een wenteltrap, die duisternis en het inwendige symboliseert. De heersende godheid, Tepeyollotl, stond voor de zon wanneer die zich 's nachts onder de aarde bevond en voor de krachten die de oorzaak zijn van aardbevingen en vulkaanuitbarstingen.

Men hoorde Tepeyollotl, die bekend stond als "het hart van de bergen", in de schokken van een aardbeving en in het geraas van een lawine. Hij was ook de jaguar-vorm van de grote duistere god Tezcatlipoca, omdat de jaguar een schepsel van de nacht was.

In de Azteekse tijd konden slechts vier van de benoemde dagen op de eerste dag van een willekeurig jaar vallen. Huis was een van deze vier "jaardragers", de jaardrager van het westen.

Moderne symboliek

De tempel op de berg vertegenwoordigt een onderkomen of een heiligdom: veilig, gedegen en onverzettelijk. Aan weerszijden bevinden zich de twee rokende vulkanen Popocatepetl en Iztaccihuatl, die dicht bij het gebied van de Azteken, de vallei van Mexico, liggen. De vulkanen suggereren dat spanning ontladen moet worden wil men beheersing en integriteit in stand houden. Opwellingen van kracht komen door vele lagen heen naar boven vanuit het diepst van de aarde.

In negatieve zin betekent het dagteken Huis duisternis en de mogelijkheid van geestelijke desintegratie. Als we het "lichaamshuis" bijeen willen houden moeten we het onderbewuste eerlijk onder ogen zien. Wie dat niet doet loopt het gevaar dat hij zijn fysieke lichaam schaadt.

Huis symboliseert de noodzaak van beheersing, onderdrukking van krachtige en bedreigende elementen en het zoeken naar geestelijke zekerheid. De geestelijke zekerheid van de wetenschappelijke benadering of van een rituele magie biedt de mogelijkheid tot beheersing van de natuur. In het dagelijks leven symboliseert Huis de geborgenheid, strijd, spanning en sleur van het huiselijk leven.

Hagedis

Cuetzpallin

Ueuecoyotl

Azteekse symboliek

Het symbool van dit dagteken is het beeld van een hagedis, die werd beschouwd als een geraffineerd dier, onvoorspelbaar en rijk aan vreemde emoties. De heer-sende godheid was Ueuecoyotl, de oude coyote, de oplichter die bekend stond om zijn onverantwoordelijke vrolijkheid en geslachtsdrift. Als aspect van vrolijkheid was Hagedis de energie die ontstaat tijdens de dans onder de oude deelnemers aan belangrijke ceremoniën. Hoewel Hagedis ook werd geassocieerd met water en vruchtbaarheid geloofden puriteinse Azteken dat dit teken duidde op tegenspoed.

Moderne symboliek

De Azteekse man, zich bewust van de noodzaak tot verandering, gaat in zijn boot een onzekere toekomst tegemoet. Het visioen van de hagedis in een zee van licht wijst op een beweging in de richting van onze individuele bestemming. De vlammende hagedis symboliseert misschien ook een illusie of een erotische fantasie. De traditie en het verleden worden zichtbaar in de Indianen op de oever, die hem bij zijn onzekere reis uitgeleide doen. Misschien is de aanleiding tot dit vertrek of het zich van de anderen verwijderen een conflict tussen de betrokkene en zijn stamgenoten.

Net als hagedissen, die in groepen uit het ei komen maar later ieder hun eigen weg gaan, wijst het dagteken Hagedis op onafhankelijkheid, onthechting en afstand. Een dergelijk afwijkend gedrag zal door de anderen vaak verkeerd worden uitgelegd, zodat het gevoel van isolement nog wordt versterkt. Net als Ueuecoyotl kan het dagteken Hagedis duiden op excentriciteit, perversiteit en eigenaardigheid.

Slang

Coatl

Chalchihuitlicue

Azteekse symboliek

Slang, gesymboliseerd door de kop van een slang, werd geassocieerd met Chalchihuitlicue, de mooie jonge godin van de stormen en de woeste krachten van de natuur. Zij vertegenwoordigde de vergankelijke schoonheid van de natuur, het geweld van de draaikolken en de kracht van jeugdige groei en liefde. Ze was ook de godin van het ondergrondse water. Chalchihuitlicue, die soms de "Vrouwe van de Kostbare Jade" werd genoemd, had een met jade ringen (symbool van het water) versierde hoofdtooi, de chalchihuitl, een waaier van gevouwen papier als teken van de vegetatie onder water, een neussieraad in de vorm van een maansikkel en twee veren aan weerszijden van haar hoofdtooi.

Moderne symboliek

De slang is een krachtbron van energie, die elk moment tot uitbarsting kan komen. In het strakke lichaam van de slang liggen de kiemen van vele soorten geboorte en dood. De spirituele geboorte ontspringt aan de zeven stromende chakra's. De eerste chakra is het punt van oorsprong en de verdeler van de vurige kundalini-energie in het wezen. Hier ligt het antwoord op het ontwikkelingsniveau van het individu en de bedoeling van de levenskracht. De tweede chakra is het punt waar het onderscheid tussen waarheid en onwaarheid wordt gemaakt van de gedachtenvormen die het leven raken. De derde chakra is de zetel van de emoties die tot reactie en respons opwekken.

In de vierde chakra, die zich bevindt in het gebied van het hart, worden de handelingen van het geven en ontvangen van liefde in banen geleid. De vijfde chakra brengt de stem van de zelfexpressie voort. Daar worden bedoelingen tot uitdrukking gebracht en komen innerlijke gedachten naar de oppervlakte. In de zesde chakra ervaren we de intuïtie, die opwekt tot verlichting en inspiratie. Hier wordt de Scheppende Macht zichtbaar en wordt contact gelegd met de universele krachten. De zevende chakra is het centrum waar de intuïtie wordt geactiveerd. Dit is het punt waar kosmische energie het levende wezen binnendringt.

Het dagteken Slang symboliseert de intensiteit en de vergroting van de levenskracht en het tegengestelde ervan, de dood. Het duidt op sterk geladen energie, seksuele kracht en een explosief karakter - de krachten die door Chalchihuitlicue worden beheerst.

Dood

Miquiztl

Tecciztecatl

Azteekse symboliek

Het traditionele beeld was een opgebleekte menselijke schedel. De heersende godheid was Tecciztecatl, de mannelijke vorm van de maan, dikwijls aangeduid met "Hij van de zee". De maan stond voor vruchtbaarheid. Tecciztecatl, afgebeeld als een oude man met zeeschelp op zijn rug, werd geassocieerd met de kleur wit en dingen die glanzen in het donker. Met name de slak stond voor creativiteit, ontwikkeling en alles dat uit de schoot van Moeder Aarde voortkwam.

Volgens de Azteekse mythe was Tecciztecatl een van de twee goden die zichzelf opofferden om de Zon en het licht te scheppen. In de tijd van volledige duisternis verzamelden de goden zich bij Teotihuacan en namen ze het besluit dat twee van hen zouden worden geofferd om het licht te scheppen. Na vier mislukte pogingen om zichzelf in de vlammen van het offervuur te werpen slaagde Tecciztecatl tenslotte in zijn opzet; hij werd een van de twee lichtgevende schijven die opkwamen in het oosten. Een andere god wierp een konijn in de stralende schijf van Tecciztecatl en slaagde erin zijn licht te temperen, opdat de dag werd beheerst door nog slechts één stralend licht.

Moderne symboliek

De dood is een proces dat wordt gestimuleerd door het besef van de noodzaak tot verandering. In het moderne symbool worden verandering en nieuw leven weergegeven door de grijze kamer en de zonbeschenen wereld buiten. De vrouw weet dat veranderingen op handen zijn, maar ze weet niet precies in welke vorm die zich zullen aandienen en waartoe ze zullen leiden. Het grijze vertrek betekent het onbekende, een soort tussengebied. Het is er niet donker en niet licht; het bevat noch de zekerheid van falen noch die van slagen. De schedel steekt af tegen de duisternis van de nacht, hij herinnert haar aan haar verleden en aan het feit dat deze fase van haar leven ten einde loopt. Hoe lang ze in het vertrek blijft en zich aan haar verleden vastklampt is iets dat zij zelf moet bepalen. Om het nieuwe leven te kunnen betreden moeten het innerlijke en het uiterlijke zelf in elkaar vervloeien - wie blijft steken in de dood houdt een verdeeld zelf in stand. Er is echter reden tot hoop, omdat de vrouw in dit overgangsvertrek haar weg lijkt te aanvaarden en haar hand uitsteekt om de deur die leidt naar de ochtend van het leven te openen.

Het dagteken Dood symboliseert de noodzaak van een drastische verandering. De Azteken zagen de dood als een ontzagwekkende kracht, die men niet moest vrezen maar aanvaarden. In hun zienswijze werden de natuur en de mens voortdurend beïnvloed door krachten van wederopstanding - ze geloofden dat gewassen en mensen slechts stierven om in een meer volmaakte vorm herboren te worden. Ze geloofden ook dat het dagteken waaronder iemand werd geboren bepalend was voor de soort dood die hij of zij zou sterven en voor zijn of haar bestemming in het hiernamaals.

Het Azteekse hiernamaals dat men na de dood betrad hing samen met de maatschappelijke status tijdens het leven. Krijgers en jagers zouden na hun dood bijeen komen om overwinningsliederen te zingen en hun krijgservaringen nogmaals te beleven. Na vier jaar zouden ze veranderen in een kolibrie. Boeren zouden zich na hun dood plotseling bevinden op de weg naar Tlalocan, de verblijfplaats van de natuurgod Tlaloc. Daar zou rust en geluk hun deel worden, zonder enige inspanning, in de kalmte van bloesems en regen. Onaanzienlijke personen kwamen terecht in Mictlan, de koude wereld van het noorden.

Hert

Mazatl

Tláloc

Azteekse symboliek

Traditioneel werd dit dagteken gesymboliseerd door de kop van een hert. Het hert, dat over het algemeen stond voor schuchterheid, werd beheerst door Tlaloc, de voornaamste regengod en de heer van alle waterbronnen. Hert werd geactiveerd door de energie die afkomstig is van de zon. Een aanvulling op de zonne-energie werd gegeven door Tlaloc, die de verschillende soorten regen verschafte; hitte en water werden gezien als de voortbrengers van het leven. Tlaloc was een van de oudste vruchtbaarheidsgoden en werd beschouwd als de bezieler van wolken, regen, bliksem, bergen, bronnen en het weer. Hij heerste in Tlalocan, het op een bergtop gelegen verblijf van de regengoden. Daar bevond zich een soort hemel, een vruchtbaar paradijs dat een overvloed aan voedsel, bloemen en vermaak bood. Mensen die stierven als gevolg van verdrinking of blikseminslag gingen, naar men zei, naar Tlalocan.

Moderne symboliek

Onder alle generaties wordt een kring van vriendschap gevormd. Een groep verzamelt zich voor een gezellige bijeenkomst om hun voedsel met elkaar te delen en samen plezier te beleven tijdens de dans. Een volwassen lid van de stam nodigt een jongen uit om in het gezelschap van de oudere stamleden te eten.

Herten zijn kuddedieren, die zachtmoedigheid uitstralen en in harmonie leven met andere soorten in hetzelfde gebied. Het dagteken Hert symboliseert het eten en gezellig omgaan met anderen. Het wijst ook op verlegenheid en behoedzaamheid en het voorvoelen van moeilijkheden en gevaar.

Konijn

Tochtli

Mayauel

Azteekse symboliek

Van dit dagteken, dat wordt gesymboliseerd door de kop van een konijn, werd gezegd dat het bedrieglijk was, omdat het staat voor de vruchtbaarheid van de aarde en voor die wezens die onder invloed staan van de maan. Het werd in verband gebracht met Vrouwe Mayauel, die de godin was van pulque (een bedwelmende drank die uit het sap van de agave werd bereid) en tevens moeder van talloze konijnen. Men dacht dat Mayauel in de agaveplanten leefde. Ze was een belangrijke godin van plantengroei en vruchtbaarheid en had vierhonderd borsten.

Volgens de mythe was Ehecatl, de god van de wind, op zoek naar een drank die de mensen gelukkig zou maken. Ehecatl haalde Mayauel weg uit haar huis, waar ze goed werd bewaakt door haar grootmoeder Tzitzimitl, eveneens een godin. Nadat ze de aarde hadden bereikt veranderden Ehecatl en Mayauel in een boom met twee takken. Toen Tzitzimitl Mayauel ontdekte brak ze haar tak af en gaf alle godinnen er een stuk van te eten. Ehecatl nam toen zijn oorspronkelijke gedaante weer aan, verzamelde de stukken van het meisje die door de godinnen waren achtergelaten en begroef ze; later kwam hieruit de agave voort, die de feestwijn voor de Azteken leverde.

Van konijnen dacht men dat ze een symbool waren van de vruchtbaarheid van het intellect, en van de wetenschap hoe men gebruik kon maken van de talloze vormen die de agave aanneemt om honing voort te brengen en de mensen haar zoete verrukkingen te schenken.

Het konijn was eveneens een van de vier jaardragers, het teken van het zuiden.

Moderne symboliek

Twee stammen proberen tot een overeenkomst te komen door te marchanderen met kralen, veren, koffiebonen en edelstenen. De twee banieren aan weerszijden van de tafel wijzen op de twee kanten van de onderhandelingen en op politiek gemanoeuvreer. Het konijn wijst op diplomatie, discussies en het zich mengen onder mensen met een andere cultuur. Om een dergelijke uitwisseling te vergemakkelijken zullen misschien formele riten zoals drinken noodzakelijk zijn.
Konijn staat ook voor ambitie en het bevorderen van de eigen belangen. Het benadrukt de noodzaak om normen vast te stellen, om datgene wat te koop wordt aangeboden of dat men zich moet verwerven af te wegen en te meten.

Water

Atl

Xiuhtecuhtli

Azteekse symboliek

Van dit symbool, een dal of een kanaal dat met water is gevuld, werd gezegd dat het de levensloop weergaf. Water symboliseerde alles waaraan men zich al naar de omstandigheden moet aanpassen en waarin men zich moet schikken. De heersende godheid was Xiuhtecuhtli, de heer van het centrale vuur. In het water manifesteerden zich de hitte en de energie uit de hoge regionen van de kosmos, die men opvatte als personificaties in de vorm van Xiuhtecuhtli. Wanneer de vloeistof van het water en de hitte rood werd vormde zich het bloed. Wanneer het water werd vervuld van hitte en zich voegde bij het element vuur ontstond de energie die, naar men dacht, de kracht vormde van iedereen die in dit leven leerde een krijger te zijn. De "Heer van Turkoois", zoals hij ook werd genoemd, had zeggenschap over de tijd en over het leven. Hij werd afgebeeld met een vlinder op de borst, die een vlam symboliseerde, en droeg een vuurslang op zijn hoofd.

Moderne symboliek

Onder de nachtelijke hemel worden verscheidene van de vele aangezichten van het leven, onder andere opwinding, woede, geluk, verdriet en lusteloosheid, meegevoerd door de krachtige stromen van het leven. De aanzwellende stroom in het kanaal staat voor de heftigheid van de emoties. Het kanaal heeft tot taak de uiting van het emotionele spectrum dat het leven wordt genoemd te beperken en in bedwang te houden.

In de Azteekse tijd werd vers water, dat van levensbelang was, naar de op een eiland gelegen stad Tenochtitlan aangevoerd door kanalen. Verder wijst Water erop dat de emoties het levensbloed zijn. Ze zijn noodzakelijk en kunnen niet worden ontkend, maar moeten zorgvuldig in banen worden geleid.

Water symboliseert ook het vluchtige karakter van de emoties, die van het ene ogenblik op het andere kunnen omslaan. Een dergelijke heftige emotionele verandering wekt krachtige energieën op en bespoedigt, te snel misschien, de gebeurtenissen.

Hond

Itzcuintli

Mictlantecuhtli

Azteekse symboliek

Dit dagteken werd gesymboliseerd door de kop van een hond. In de Azteekse mythologie was de hond de metgezel van de ziel op haar reis na de dood. De heersende godheid was Mictlantecuhtli, de heer van de zielen in Mictlan, de onderwereld. Mictlantecuhtli droeg het masker van de menselijke schedel en stond voor de onafwendbaarheid van de dood. Samen met zijn vrouw, Mictlantecihuatl, stond hij de zielen bij in het vinden van een rustplaats. Hij was tevens de beschermgod van het noorden.

Mictlantecuhtli vertegenwoordigde de periode van rust die aan activiteit vooraf gaat, terwijl Mictlantecihuatl de kalme ontspanning van de creativiteit vertegenwoordigde. Men ging ervan uit dat alle mensen in de loop van hun bestaan duizend vormen van dood doormaakten. Het proces van het herwinnen van zijn energie en de terugkeer tot activiteit stond onder hoede van Mictlantecuhtli en Mictlantecihuatl.

Moderne symboliek

Op zijn tocht door de woestijn wordt een reiziger vergezeld door een "sholo"-hond, zijn vriend en gids. De hond symboliseert de metgezel die de vreugde, het verdriet, de successen en de mislukkingen, de daadkracht en het spel van een man of een vrouw toejuicht en meebeleeft. Hond is de metgezel op de tocht door het leven. De Azteekse reiziger is een zoeker en hij hoopt nieuwe landen, volken en voorraden te vinden. Aan zijn staf ontleent hij evenwicht en leiding. Nevels van licht verschaffen de reiziger op zijn zoektocht naar vervulling helderheid, de cacti verschaffen hem leeftocht en lafenis. Elke voetstap betekent dat hij meer afstand neemt tot het verleden, hij laat de geschiedenis achter zich.

Het in het moderne symbool weergegeven honderas is de Xoloitzcuintli of "sholo". Van deze naakthonden, die van grote religieuze en medicinale waarde werden geacht, is bekend dat ze tot de eerste gedomesticeerde dieren in Noord-Amerika behoorden. Voor genees-kundige doeleinden werd de sholo gebruikt om met zijn lichaam mensen die verkouden waren warm te houden. Xoloitzcuintli betekent "iemand die zijn voedsel weggrist met tanden als van obsidiaan". De god Xolotl, de god van de tweelingen en de monsters die de tweelingbroer van Quetzalcoatl was, werd door deze hond gesymboliseerd. Volgens de mythe droeg een zwarte sholo zijn meester weg van de krokodillen die hij op zijn weg vond tijdens de reis naar Mictlan, het land van de doden.

Op een bepaald niveau symboliseert Hond reizen, overgang en beweging - de zoeker die de risico's aanvaardt van een lange wandeltocht door een dorre woestijn. Het teken wijst op het zoeken van contact met ver verwijderde gebieden, onbekende streken. Op een ander niveau symboliseert Hond gezelschap en steun van diegenen die helpen om het helpen zelf.

Aap

Ozomatli

Xochipilli

Azteekse symboliek

Dit dagteken, gesymboliseerd door de kop van een aap, werd geassocieerd met humor, vrolijkheid, vrouwelijke sensualiteit en erotiek. De god Xochipilli, god van het voorjaar en de liefde, was met dit teken verbonden. Als god van de plantengroei werd hij de

"Bloemenprins" genoemd; hij gaf de inspiratie tot liederen, dans, spelen, drinkgelagen en onverantwoorde seksuele activiteit. De zoon van de bloemen had een zekere totaliteit waarvan men dacht dat die in alles voorkwam: voedsel, medicijnen, kleuren, geuren en schoonheid.

Xochipilli werd ook geassocieerd met de vruchtbaarheid van het water en de energie van de groei die afkomstig waren van de zon. Samen met zijn vrouw Xochiquetzal, de godin van schoonheid en liefde, onderhield Xochipilli de drijvende tuinen, waarvan er bij Xochimilco nog enkele te zien zijn; ze vormen een van de grootste toeristische trekpleisters van Mexico-Stad.

Moderne symboliek

Iemand die de leiding heeft bij zang en dans draagt een apemasker tijdens zijn optreden. Achter hem maken een jaguar-Indiaan en twee andere Azteekse musici op een ceremonieel platform de muziek die bij het feest hoort. Voor hem staan een jonge man en een jonge vrouw van de plaatselijke school in Tenochtitlan te kijken, misschien ter voorbereiding op toekomstige deelname aan dergelijke evenementen. Bij die gelegenheid droegen de acteurs, actrices, dansers en musici kostuums en voerden ze historische en mythologische drama's op.

Apen symboliseren ontspanning, amusement, opwinding, muziek en dans. Men moet bij dit teken rekening houden met sterke gevoelens van aantrekking en een drang tot creativiteit. Net als Xochipilli wijst het teken Aap op plezier in voorwerpen en een sfeer van schoonheid en opwinding.

Aap heeft echter ook een andere kant, en wel het afschermen van het zelf met behulp van het masker van de persoonlijkheid. Identificatie van het zelf met het masker wijst op oppervlakkigheid en de mogelijkheid van misleiding.

Gras

Malinalli

Patecatl

Azteekse symboliek

Traditioneel werd dit dagteken gesymboliseerd door gras dat uit de onderkaak van de schedel groeit. In sommige teksten wordt het "het gedraaide" genoemd, dat wil zeggen gedraaide strengen van gras. Het bedoelde gras werd gebruikt bij bloedoffers - het werd door een gat in de tong gehaald om het bloed te laten vloeien. De Azteken associeerden gras met boetedoening, verdriet en lichamelijke pijn. Patecatl, de heersen-de godheid, was de god van de geneeskunde en de chirurgie, die met zijn kennis van kruiden genezing bracht. Hij symboliseerde ook de onzekerheid van het genezen worden.

Patecatl ontdekte dat de vermenging van bepaalde planten met de honing van de agave na gisting een sterke drank opleverde, die tijdens rituele ceremoniën werd gebruikt om verschillende bewustzijnstoestanden op te wekken.

Moderne symboliek

In de kalme rust van de dag ervaart een man met een door hemzelf toegebrachte verwonding verlatenheid en pijn. Hij heeft ervoor gekozen zijn moeilijkheden alleen onder ogen te zien. Zijn verdriet en berouw ver-langen van hem dat hij aan de goden zijn bloed offert, een deel van zijn leven. Er wordt hem redding gestuurd in de vorm van een vogel, die fungeert als voor-teken of boodschapper. De scherpe snavel van de vogel wijst op een scherp, doordringend inzicht, de erkenning van zijn fout en wat hij eraan moet doen.

Gras wijst op de noodzaak fouten te doorzien en recht te zetten, misverstanden op te helderen, veront-schuldigingen aan te bieden en begrip op te brengen voor de gevoelens van anderen. Waar sprake is van ongezondheid is genezing noodzakelijk.

Riet

Acatl

Texcatlipoca

Azteekse symboliek

Dit dagteken werd gesymboliseerd door een groeiende rietstengel of twee bij elkaar gebonden rietstengels, een symbool van de centrale intelligentie en alles dat richting heeft. De grote, machtige god Tezcatlipoca, de "rokende spiegel", werd met dit teken in verband gebracht. Hij was een duistere magiër en werd gezien als een van de geesten die het ritme van de periode van twintig dagen beheerste. Tezcatlipoca, die werd vereerd door krijgers en magiërs, kon de toekomst voorspellen met gebruikmaking van spiegels van zwart obsidiaan - daarom werd hij "rokende spiegel" genoemd. Op een vergelijkbare manier kunnen zijn volgelingen het innerlijk wezen van iemand leren kennen door eenvoudig naar zijn gezicht te kijken, de individuele spiegel die ieder van ons draagt.

De volgelingen van Tezcatlipoca beschikten over een grote geestkracht, die de samenleving ten goede kon komen doordat zij de natuur konden oproepen haar werk te voltooien. Ze konden als dat nodig was regen, wind en storm teweegbrengen.

Bovendien werd het riet, waarnaar in de Azteekse symboliek wordt verwezen, ook gebruikt voor het maken van spiesen en pijlen die in de strijd werden gebruikt. Een actief leven als krijger gaf de betrokkene een bijzondere positie, die door de goden als waardig en door de leden van de samenleving als belangrijk werd beschouwd.

Riet, de jaardrager van het oosten, was een van de vier tekens die op de eerste dag van het jaar konden vallen.

Moderne symboliek

Gezeten voor de tempelpiramide is een wijze leraar verdiept in gedachten over de noodzaak van spiritualiteit op alle niveaus. Hij wacht de komst van de ingewijden af, die zich erop hebben toegelegd hun eigen bewustzijn te verhogen en vervolgens het bewustzijn van anderen. Onder de tempel zijn ideogrammen weergegeven uit Mu, het land dat aan Atlantis voorafging; zij staan voor de verzamelde wijsheid van de mensen uit de oudheid. Wil men zich de wijsheid van de oude symbolen eigen maken, dan zijn meditatie, diepgaande gedachten, bekrachtiging en de juiste riten noodzakelijk.

Een waarachtig profeet maakt oefeningen en inwijdingen door. Wanneer jonge Azteken de leeftijd van vijftien jaar bereikten werden ze door hun ouders aangemeld bij een van de twee scholen, de telpochcalli of de calmecac. De telpochcalli was bedoeld voor krijgers, de calmecac was de spirituele school, een tempel of een klooster, zoals hier in het moderne symbool is weergegeven. De leerlingen, die al vóór zonsopkomst wakker werden, offerden wierook aan de goden en namen een regel van kuisheid, zelfbeheersing en vasten in acht.

Zij die met de calmecac waren verbonden vereerden de Quetzalcoatl, een god die zelfopoffering en boetedoening praktizeerde. Hoewel Tezcatlipoca traditioneel de heersende godheid van Riet was, was het altijd Quetzalcoatl die met dit teken werd geassocieerd. Men zei dat Quetzalcoatl was geboren in het jaar dat begon met 1 Riet, het koningschap had neergelegd in het jaar 1 Riet en vanuit het oosten zou terugkeren in het jaar 1 Riet. En al keerde dat jaar om de tweeënvijftig jaar terug, toch was het uitgerekend in het jaar 1 Riet dat Cortez in Mexico aankwam.

Ocelot

Ocelotl

Tlazolteotl

Azteekse symboliek

De Azteekse symboliek voor Ocelot was de kop van een ocelot of jaguar. Het dagteken symboliseert het verdwijnen van de duisternis en de nadering van zonsopkomst. De heersende godheid was Tlazolteotl, de "Vrouwe van de Vuiligheid". Deze heks-godin deed zich tegoed aan het menselijk kwaad, maar was ook de beschermster van de vroedvrouwen. Terwijl ze mensen ertoe aanzette hun hartstochten te bevredigen was ze tegelijkertijd degene die hun dergelijke begeerten vergaf. In wezen was ze de godin van de loutering.

Tlazolteotl werd in verband gebracht met de schijngestalten van de maan. In de eerste helft van de maancyclus wordt ze gesymboliseerd als beoefenaar van hekserij, in de tweede helft is ze de zuiveraar. Men kon door bemiddeling van een priester met Tlazolteotl in contact treden, om zijn zonden te bekennen en zich op die manier te reinigen. Ze werd de "eetster" der zonden genoemd.

Moderne symboliek

Een ziener op een afgezonderde plaats ontvangt indrukken en informatie over dingen die zich elders afspelen. Hij ziet de zonsopkomst, ook al bevindt hij zich onder de grond. Zijn geest is actief en hij leest een oud manuscript. Omgeven door het einde van de duisternis is hij voor anderen onzichtbaar, maar zich toch zeer goed bewust van zijn situatie.

De ocelot, de nachtelijke jager van het woud, werd gebruikt als waakdier en ter bescherming tegen ongedierte. Op een vergelijkbare manier biedt het dagteken Ocelot bescherming en een gevoeligheid voor duisternis, kwaad en negativiteit. Op een meer spiritueel niveau is een kalme terugtrekking uit de beschaving vereist wil men de boodschappen uit dromen en de geest kunnen ontvangen. In Ocelot worden hogere machten aangeroepen.

Adelaar

Cuauhtli

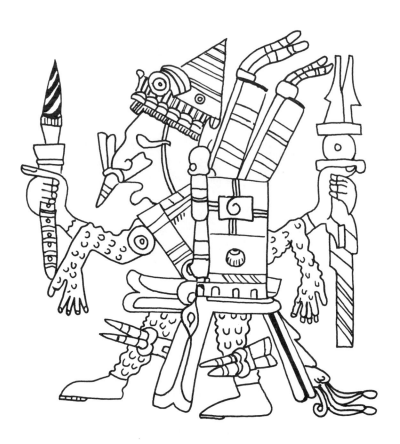

Xipe Totec

Azteekse symboliek

Dit dagteken, dat wordt gesymboliseerd door de kop van een adelaar, vertegenwoordigde bevlogenheid, pracht en praal, vorstelijke geschenken en vrijheid. De mens verwachtte status te bereiken door zijn prestaties. Hij verkreeg pracht en praal, vorstelijke geschenken en vrijheid als beloning voor zijn maatschappelijk optreden. De godheid was Xipe Totec, de "Gevilde God van het Maïszaad", die het offer en de hernieuwing van het leven symboliseerde. Xipe Totec verschafte de mensheid voedsel door zich levend te laten villen, waarbij hij met zijn bloed Moeder Aarde bevruchtte. Hij was ook de beschermgod van het goud en de edelsmeden.

Moderne symboliek

De adelaar staat op de piramide van de zon bij Teotihuacan, de "plaats waar mensen goden worden". De piramide van de zon kijkt uit in de richting van de zonsondergang van de dag waarop de zon door het zenit komt, het hoogst mogelijke punt aan de hemel. Vóór de adelaar liggen rijen verbouwde gewassen, die de produktiviteit en het gebruik van het land symboliseren. De evenwijdige rijen gewassen wijzen op het inspecteren en indelen van kavels land voor bepaalde doelen. Aan weerszijden van de adelaar staan twee gebouwen die wijzen op onroerend goed. De zon, die boven de adelaar staat, verleent hem status en waardigheid.

De adelaar inspecteert het land en de akkers. Het land bergt rijkdom en zekerheid in zich, maar er moeten offers worden gebracht om dit te verwezen-lijken. In de tijd van de Azteken kon niemand zelf grond bezitten. Het land behoorde in zijn totaliteit aan de calpulli (het district) of aan instellingen als tempels en steden. Overeenkomstig de wet kregen alle vrije mannen een stuk grond, dat ze moesten bewerken om het te kunnen behouden. Misschien staat Adelaar net als Xipe Totec voor de noodzaak van werk en offer, om het land produktief te maken.

Gier

Cozcacuauhtli

Itzpapalotl

Azteekse symboliek

Dit dagteken werd weergegeven door de kop van een gier (Cozcacuauhtli kan worden vertaald met "gekraagde adelaar"); volgens de overlevering werd hij geassocieerd met de oude dag en rijkdom. Gier was verbonden met Itzpapalotl, de "zwarte vlinder van obsidiaan", een prachtige maar dodelijke godin. Ze was verbannen uit Tamoanchan, de plaats van herkomst waar Quetzalcoatl en Huitzilopochtli heersten. Ze werd in verband gebracht met het kwaad van de nachtelijke duisternis, en wanneer zij gedurende de nacht mannen en vrouwen bezocht bracht ze hun hart in paniek door hen te teisteren met verschrikkelijke nachtmerries. Tijdens de slaap is Itzpapalotl de sleutel die onze actieve geest opent en ons wellicht blootstelt aan negatieve gedachten, waarvan wordt aangenomen dat ze de universele harmonie doorbreken. Deze godin werd ook verantwoordelijk geacht voor onvoorspelbare lotgevallen en ongebruikelijke gebeurtenissen.

Moderne symboliek

Op de voorgrond maakt een grote man zich met geweld meester van een kleinere, ter illustratie van de worsteling tussen overmacht en ondergeschiktheid. Hij probeert zijn zin te krijgen, ook al brengt dat lichamelijke foltering met zich mee. De kleine man is passief, mogelijk een slaaf of iemand op de laagste sporten van de maatschappelijke ladder. Aan de linkerkant heeft een man zich ontdaan van zijn kleren en misschien tegelijkertijd van zijn trots en zijn begeerten. Hij houdt zich op afstand van de anderen om bij zichzelf te rade te gaan. Aan de andere kant van de muur zit een man van groot aanzien, mogelijk een heerser, temidden van zijn goederen. Het groenere gras en de goederen zouden een symbool kunnen zijn van bezittingen of natuurlijke gaven die afgunstig worden bekeken en begeerd door degenen die zich aan de andere kant van de afscheiding bevinden. Hoog in de lucht kijken twee gieren naar wat er zich afspeelt.

Gieren duiden op verschillen, tegenstrijdigheden en een gebrek aan evenwicht. Om dergelijke uitersten in bedwang te kunnen houden moet men barrières aanbrengen. De wet is zo'n barrière. De Azteken hadden een groot ontzag voor de wet. Men moest zich aan de regels houden, ongeacht zijn positie, en de straffen waren vaak bijzonder wreed. Voor vergrijpen als liegen, dronkenschap, diefstal, overspel en onverschilligheid voor het toevertrouwde eigendom moest men boeten. In die zin wijst Gier op het besef dat elke handeling binnen de grenzen van zowel de maatschappelijke als de kosmische wet wordt gevolgd door een overeenkomstige reactie.

Aardbeving

Ollin

Xolotl

Azteekse symboliek

De naam in het Nahuatl (de Azteekse taal) voor dit dagteken houdt een voortdurende activiteit en beweging in, de beweging van de grond. De heersende god was Xolotl, "Heer van de Avondster", de kwade kant van de planeet Venus. Hij werd afgebeeld als een vreselijk, monsterlijk dier - een misvormd, hondkoppig schepsel met achterwaarts gedraaide poten. In de Azteekse mythologie reisde Xolotl ondergronds naar de hel van Mictlan, op zoek naar de beenderen van de overledenen waaruit weer levende mensen konden worden gemaakt.

Moderne symboliek

Midden in het Texcoco-meer bevindt zich het grote ceremoniële centrum van Tenochtitlan, de hoofdstad van de Azteken. Land dat wordt omringd door water wijst op een vast punt temidden van veranderingen. Bovenin dit middengebied staat de dubbele tempel op de grote piramide. Links staat de tempel van Tlaloc, rechts de tempel van Huitzilopochtli.

Op tijdstippen die door de Azteekse astrologen werden bepaald vroeg men de goden om hun goedkeuring. De tijd wordt gemeten met behulp van de zonnewijzer in het midden van het ceremoniële gebied. De handeling van het scheppen van de tijd is een poging een onvoorspelbaar universum voorspelbaar te maken. Voor de oude waarnemers van de hemel was de zon het belangrijkste object dat aan de hemel stond. Ze waren diep onder de indruk van haar regelmaat en associeerden de zon met de tijd zelf. Er werden riten uitgevoerd om elk nieuw jaargetijde en elke nieuwe verandering in het leven te vieren. Op een dieper niveau werden riten uitgevoerd om aan de beschaving, een door de mens ontworpen en tot stand gebrachte realiteit, nieuwe kracht te geven.

Een van de beroemdste symbolen van Mexico is de Azteekse kalendersteen. In het midden daarvan bevindt zich het gezicht van Tonatiuh, de heerser over de huidige schepping die een periode van tweeën-vijftighonderd jaar beslaat. Zijn gezicht wordt omlijst door de omtrekken van het symbool voor het dagteken Aardbeving. De huidige schepping is zelfs naar dit dagteken genoemd en zal vermoedelijk in het jaar 2012 als gevolg van aardbevingen ten onder gaan. De vier velden in de tekening bevatten de symbolen voor de benoemde dagen die over de vier voorgaande scheppingen "heersten", Ocelot, Wind, Regen en Water. De cirkel rondom dit centrale complex bevat de symbolen van de twintig benoemde dagen. De volgorde van de dagen gaat tegen de klok in en begint aan de bovenkant met Kaaiman (zie de illustratie van de zonnesteen op pagina 32).

Mes

Tecpatl

Chachiuhtotlin

Azteekse symboliek

Mes was een offermes, gemaakt van vuursteen, dat het symbool is van de dubbelzinnige, intuïtieve en analytische kennis. Als dagteken was het zowel gunstig als ongunstig. Men zei dat de dag gunstig was voor hen die "het moment aangrepen". Men koos krachtige, fors gebouwde krijgers om tegen de vijanden te vechten. Chachiuhtotlin, de heersende god, was in feite Texcatlipoca in zijn vorm van "de met juwelen getooide kalkoen". De gedragingen van dit dier, de kalkoen, symboliseerden de energieke kracht en de ijdelheid van de mensen. Volgens de Azteekse mythe kon iemand die Tezcatlipoca in deze angstaanjagende manifestatie zag zeer welvarend worden wanneer hij hem bij zijn staart wist te grijpen.

Moderne symboliek

Tezcatlipoca zweeft boven twee mannen die voor een beslissende keuze staan. Een jonge krijger steekt zijn hand uit om het offermes te pakken en zijn lot te aanvaarden, wat het ook moge zijn. Een andere man overweegt de kwestie maar doet niets. Dit is een proef waarin agressie, gesymboliseerd door de krijger, de confrontatie aan moet gaan met berusting, gesymboliseerd door de zittende man.

Mes wijst op het belang van besluitvaardigheid en het kiezen van het juiste moment om tot handelen over te gaan. Wanneer men niet van het moment gebruik maakt betekent dat vaak dat men een kans voorbij laat gaan.

Regen

Quiahuitl

Chantico

Azteekse symboliek

Hoewel het dagteken Regen vaak werd gesymboliseerd door het hoofd van Tlaloc was de heersende godheid Chantico, "godin van de haard en het vuur". Chantico, wier naam "in het huis" betekent, was de godin van het vuur dat wordt geassocieerd met het huiselijk leven en het koken. Ze werd ook in verband gebracht met vruchtbaarheid en met kostbare stenen die in de grond werden gevonden en was, naar men zei, de beschermgodin van de bewerkers van edelstenen. De regen werd beschouwd als de drank die door de aarde wordt gedronken.

Moderne symboliek

Een Azteekse vrouw brengt op natuurlijke wijze de vrouwelijke hoedanigheden van koestering, gevoeligheid en emotionaliteit tot uitdrukking door zorgvuldig het water uit haar kan te schenken. Ze staat in het water, de meest elementaire vorm van voeding in de natuur. Ze wordt omringd door de symbolen van huis en haard. In de maan is een konijn te zien, een vruchtbaarheidssymbool.

De vrouw die in de zacht neervallende regen staat wordt zich bewust van de mogelijkheden van andere werelden. Ze wordt gevoeliger en stemt zichzelf af op het gevoel van haar omgeving. Regen, een teken van vruchtbaarheid, wijst op de bereidheid open te staan voor de universele levenskracht die degenen die zich voor deze regen openstellen voedt. Regen is een symbool van intuïtie en gevoeligheid voor indrukken, die noodzakelijk zijn in de zorg voor zichzelf en om de bescherming van anderen zeker te stellen.

Op het wereldlijk niveau wijst Regen op koestering, koken en de zorg voor het huishouden. Op persoonlijk niveau begint de voeding bij het zelf - door voor zichzelf te zorgen en het juiste voedsel te eten. Tot de elementaire aspecten van de leefwijze van de Azteken behoorde het planten en de groei (maïs en tortilla's), het koken en het voeden (de bonen op het vuur), het in stand houden van het huis en emotionele zekerheid (het huis) en vruchtbaarheid en geboorte (het konijn).

Bloem

Xochitl

Xochiquetzal

Azteekse symboliek

Dit dagteken werd gesymboliseerd door een bloem. Xochiquetzal, de heersende godheid, "Vrouwe Kostbare Bloem", was de godin van de liefde en de seksuele begeerte. Ze was de vrouw en metgezel van Xochipilli, de "Bloemenprins", maar was ooit de vrouw van Tlaloc. In de mythologie was ze de eerste moeder van een tweeling en schonk zij kinderen aan alle gezinnen.

Xochiquetzal, het symbool van de vergankelijke schoonheid van de bloem, was ook verbonden met de vruchtbaarheid van graan en planten en met de onderwereld van de doden. Op de Dag van de Doden werden haar offergaven en goudsbloemen gegeven. Schilders, wevers, borduurders en prostituées beschouwden Xochiquetzal als hun beschermgodin.

In haar gedaante van prachtige bloem liet Xochiquetzal een kiem van liefde en schoonheid achter die alle grenzen overschrijdt. Later veranderde ze in een gele vlinder, die al rondvliegend de gedachten van anderen een wending gaf in de richting van schoonheid en optimisme.

Moderne symboliek

Een man en een vrouw houden bij zonsopkomst de belofte van hun liefde vast, die zichtbaar wordt in het evenwicht en de schoonheid van de bloesem van het leven. Aan de onderkant van de bloem vertegenwoordigt de kleur roze de liefde die uit hun hart straalt - een straal van eenheid en deelgenootschap. Het witte gedeelte van de bloem, dat wijst op zuiverheid en spiritualiteit, verdiept de band doordat beide partners opgaan in het wezen van de ander. De seksuele vereniging en het resultaat daarvan, scheppingskracht, worden geïllustreerd door de twee kleine bloemen die uit de grote bloem van de liefde worden geboren. Een man en een vrouw hebben zich verenigd om nieuw leven voort te brengen. Ze beseffen dat wat door hen wordt geschapen afhankelijk is van de liefde die uit hun hart stroomt en de tijd die wordt besteed aan de verzorging van de bloem.

Bloem is een dagteken van verbondenheid en liefde. Het teken Bloem houdt, net als Xochiquetzal, schoonheid, kunstzinnigheid, vruchtbaarheid en creativiteit in.

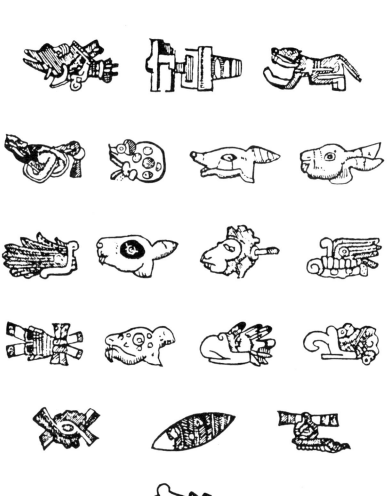

*Een andere reeks tekens voor de twintig benoemde dagen:
van Kaaiman tot en met Bloem.*

Een tafereel uit het paradijs van Tlaloc, de regengod. Fragment van een muurschildering in een gerestaureerd paleis in de omgeving van Teotihuacán.

Hoofdstuk 3

De Dertien Getallen

De twintig dagtekens leveren samen met de dertien getallen tweehonderd zestig combinaties op die elk een andere betekenis hebben. Een dagteken, Kaaiman bijvoorbeeld, kan dertien verschillende "hoedanigheden" hebben. De reeks begint met 1 Kaaiman, maar 2 Kaaiman staat veertig plaatsen verder. De Azteken gaven elk getal aan door middel van stippen, een stip per eenheid, de Maya's maakten gebruik van een systeem van stippen en streepjes. Een stip betekent een eenheid, een streepje een vijftal. Als de Azteken het getal dertien wilden aangeven moesten ze dertien stippen zetten. De Maya's hoefden voor dat getal slechts twee streepjes en drie stippen te zetten. Omdat dit handiger is hebben wij ervoor gekozen om, waar nodig, de telling van de Maya's te gebruiken; dit vormt dus een geringe afwijking van het overwegend Azteekse thema.

Er zijn geen teksten bewaard gebleven waarin de betekenis van elke combinatie wordt verklaard, hoewel enkele in de Florentijnse codex van Sahagún worden genoemd. Jammer genoeg geven deze schaarse verwijzingen, die in hoofdstuk 7 worden vermeld, niet veel inzicht in de Azteekse numerologie. Volgens Sahagún kon het getal één voor een dagteken óf bijzonder gunstig óf bijzonder ongunstig zijn. Twee werd over het algemeen als ongunstig beschouwd, maar dat hing in feite af van de aard van de "één" die eraan vooraf ging. Drie werd beschouwd als een bijzonder gunstig getal, niet als iets hopeloos, zoals Sahagún zegt. De vieren waren duidelijk kwaadaardig, de vijven waren in aanleg slecht. Mensen die werden geboren op een vijf-dag moesten streng opgevoed worden, anders zouden ze opgroeien tot verdorven lieden. Zessen waren een verloren zaak, maar zevens en achten waren goed. Negen was heel slecht, misschien wel het slechtste van de dertien getallen. De tienen werden beschouwd als zo voorspoedig dat ze "het goede van de drie volgende getallen, elf, twaalf en tenslotte dertien, aan het licht brachten en versterkten". Het zal duidelijk zijn dat de opmerkingen van Sahagún veel te wensen over laten.

Het is bekend dat de oude beschaving van Midden-Amerika zich intensief bezig hield met numerologie. Bepaalde getallen springen eruit als zeer veelbetekenend, omdat ze in de kalenders, tijdre-keningen en mythen keer op keer terugkomen. De belangrijkste getallen waren misschien vier, vijf, zeven, dertien, twintig en tweeënvijftig. Vier beduidt de vier windstreken, de ordening van de horizontale ruimte, terwijl vijf het middelpunt aangeeft. Zeven - dat de vier windstreken, het middelpunt, het zenit en het nadir aangeeft - is het laagste getal waarmee de gehele ruimte rondom een persoon of een plaats volledig gedefinieerd kan worden. Zeven zou ook betekenis kunnen hebben in die zin dat er zeven zichtbare planeten of dwaalsterren aan de hemel staan. Negen zou verband kunnen houden met de onderwereld, daar er negen Heren van de Nacht zijn, en dertien met de dag omdat er dertien hemelen waren. Twintig is het getal van de dagtekens en twintig maal dertien is tweehonderd zestig: de Tonalpouhalli. Tweeënvijftig is het aantal jaren van de civiele kalender dat moet verstrijken voordat deze weer samenvalt met de sacrale kalender.

In zijn boek *The Mayan Factor* beschouwt Jose Arguelles de dertien getallen als "pulsatiestralen", waarbij elk getal een bepaalde radio-resonante functie heeft. Hij geeft aan de getallen de volgende sleutelwoorden:

- 1 - eenheid
- 2 - polariteit
- 3 - ritme
- 4 - maat
- 5 - middelpunt
- 6 - organisch evenwicht
- 7 - mystieke kracht
- 8 - harmonische resonantie
- 9 - cyclische periodiciteit

10 - manifestatie
11 - dissonante structuur
12 - complexe stabiliteit
13 - universele beweging

Hij wijst erop dat het middelpunt van de getallen voor complementaire tweetallen werd gevormd door 7, dat hij "de pulsatiestraal van de mystieke kracht" noemt. Zo staat 1 - eenheid tegenover 13 - universele beweging, 2 - polariteit tegenover 12 - complexe stabiliteit, enzovoort. In zijn zienswijze is zeven het magische getal dat alle bijeen houdt.

Omdat wij ons toch nog geplaatst zagen voor de noodzaak een praktische betekenis te vinden voor de tweehonderd zestig verschillende combinaties maakten we gebruik van automatisch schrift en mediamieke overdracht om enkele grondbetekenissen voor de dertien getallen te vinden. Bovendien namen we experimentele informatie op (gebaseerd op het dagelijks willekeurig trekken van een aantal getallen). Hieronder volgt een samenvatting van het materiaal dat voor de verschillende getallen door ons werd verzameld. Wij beiden zijn echter vertrouwd met de westerse numerologie, wat van invloed kan zijn geweest op de resultaten. In de loop van ons onderzoek rees de vraag of de betekenissen van de getallen universeel zijn voor de gehele mensheid of van cultuur tot cultuur zouden kunnen verschillen. Die vraag is nog steeds niet afdoende beantwoord, hoewel we geneigd zijn aan te nemen dat er elementaire overeenkomsten zijn op een heel fundamenteel niveau.

De langs paranormale weg gevonden betekenissen van de dertien getallen

Een: frisheid van geest, het open staan voor ervaringen; bewustzijn dat naar mogelijkheden zoekt; een duidelijke weg; de fenix die uit de as herrijst; avontuur; het voltooien van opdrachten.

Twee: polariteit of tegengestelden; kameraadschap; delen; koesteren; twee mensen die in elkaar opgaan en hun individuele ego verliezen; gevoeligheid voor anderen; het verschil tussen eigenliefde en universele liefde; gemeenschappelijkheid; de vorming van patro-nen; complementaire reacties; gescheidenheid; bezorgdheid; onderbrekingen.

Drie: de mogelijkheid van communicatie; gesprek-ken; pleidooien; verzoeken; het geschreven woord; stabiliteit; het beschikken over het vermogen te weten wat men anderen moet geven; opdrachtgevers; bouwers; werkploegen voor onderhoudswerkzaamheden en reparaties.

Vier: produktie; het gebruik van wilskracht en dwang; besluitvaardigheid; de organisatie en voor-bereidingen die noodzakelijk zijn om een grondslag te leggen; geduld; voorzichtigheid; onderbreking; familie; omwegen; de noodzaak van organisatie.

Vijf: nieuwe, afwijkende onderwerpen; opbloeien; creatieve presentatie; uitvindingen; feesten; ontspanning; kunst; seksualiteit; het oplossen van een legpuzzel; iemand die van alle markten thuis is; opwinding die uiteenloopt van een toestand van strengheid tot jovialiteit; "zoals daarboven, zo ook hier beneden"; een volle-dig verwezenlijkt produkt; gebruikmaking van beide hersenhelften; ambidextrie; vaardigheid.

Zes: eenheid met verantwoordelijkheid; een compromis in overeenstemming met de verantwoordelijkheid jegens anderen; rekening houden met de gevoelens van familieleden; de gebruikelijke, dagelijkse ontmoetingen; het zorgen voor voedsel, onderdak en de lichamelijke behoeften; het bepalen van een tijdstip en een schema voor bepaalde zaken; het aannemen van grote projecten; urgentie; beweging op een abrupte, snelle manier; concentratie op noodzakelijk werk dat gedaan moet worden; het uitsturen van duidelijke boodschappen; een visioen dat de geest inspireert tot diepere gedachten; belemmeringen; ritmische problemen; valpartijen.

Zeven: de menselijke behoefte aan betekenis; zelf-ontdekking; zielerust; meditatie; gebed; terugtrekking; plaatsen van verering; spirituele groei wordt belang-rijker dan materialistische neigingen; kennismaking en hernieuwde kennismaking met andere werelden dan de aarde.

Acht: de vorming van eenheden; heelheid; delen; huwelijk; vruchtbaarheid; genezing; stelsels van integratie; heroriëntatie; het luisteren naar je innerlijke stem, het onderbewuste en het bovenbewuste; hulp van een gids in de lichamelijke of de spirituele wereld; versterking van de auditieve gewaarwording; echtscheiding en oorlogsspelletjes; zich beperken tot de eigen wereld.

Negen: uitdaging; crisis; confrontatie met angsten; de noodzaak van planning, voorbereiding en soepelheid bij het leggen van een stevige grondslag; patronen waarin een opeenvolging zichtbaar is; terugtrekking; expansie als gevolg van reizen; morele kwesties; culturele uitwisseling.

Tien: de wereld; weten wat je roeping is; betrokkenheid bij zware verantwoordelijkheden; activiteit en vooruitgang; ernstige, zwaarwegende gedachten door je hoofd laten gaan; in het middelpunt van de belangstelling staan; een leider steunt een bepaalde zaak achter de schermen; een dienst verrichten zonder de aandacht te trekken; zich een reputatie verwerven; erom geven wat mensen over je denken; opleiding; geschiedenis.

Elf: toestanden van heftige emotie; lijden; opoffering; aanpassing; het maken van keuzes; een ruilhandeltje; papierwerk; drukwerk; onderzoek; het bijhouden van archieven; boodschappen;

annulering; ontwikkeling van veranderde geestestoestanden als gevolg van reizen door de tijd, magie, seksuele energie en muziek.

Twaalf: alomvattendheid; aankondiging en aankomst; het komen; inauguratie; vrije geest; status, erkenning en succes; atletiek; sportiviteit; woede.

Dertien: een belangrijk hoogtepunt in het leven; oudere mensen van gezag; grootvader; keizer; leunen op sterke leden van de familie; extreem zelfbewustzijn; contemplatie; uitdrukkingsloosheid; het in de grond stoppen van zaden; het voltooien van een project.

Tijdens het mediamieke werk stelden we vragen over de combinaties van getallen en dagtekens. Op de vraag welke combinaties vooral sterk en natuurlijk waren en elkaar aanvulden kregen we de volgende informatie:

1. Adelaar, Mes.
2. Hert, Bloem.
3. Wind, Hagedis, Ocelot.
4. Huis, Adelaar.
5. Slang, Aap, Aardbeving.
6. Kaaiman, Gras, Gier.
7. Kaaiman, Dood, Riet.
8. Konijn, Regen.
9. Slang, Dood, Hagedis.

10. Water, Adelaar, Mes.
11. Huis, Slang, Aardbeving.
12. Hond, Konijn, Bloem.
13. Wind, Water, Regen.

Ook over de algemene hoedanigheden van de getallen kregen we enige informatie:

2, 12	= zeer positief;
9, 11	= zeer negatief;
1, 7, 8, 10	= getallen van leiderschap;
6, 11	= zeer emotioneel;
5, 13	= getallen van rondtrekken en reizen;
4, 5	= de grootste kans op veranderingen;
3	= de kleinste kans op veranderingen;
2, 5	= getallen van liefde en relaties;
4, 9	= getallen van scheiding;
3, 8	= getallen van groei en mogelijkheden;
6, 7, 11	= getallen van ontbering en lijden;
4, 7	= getallen van het einde en de dood.

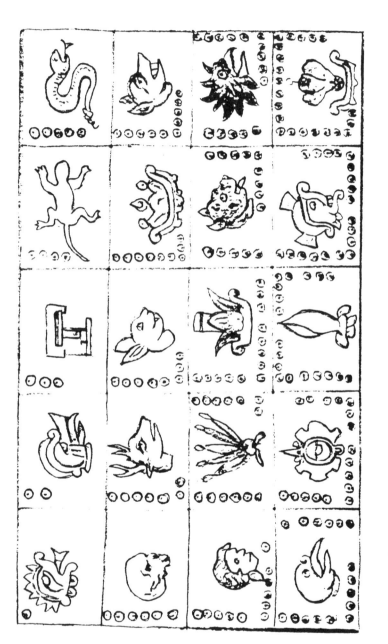

De twintig dagen van de Azteekse maand. Van links naar rechts: Kaaiman (door Durán "Kop van de Slang" genoemd), Wind, Huis, Hagedis, Slang, Dood, Hert, Konijn, Water, Hond, Aap, Wild Gras, Riet, Jaguar, Adelaar, Buizerd, Beweging, Vuurstenen Mes, Regen, Bloem.

Hoofdstuk 4

De Divinatorische Tonalamatl

In dit hoofdstuk worden voor elk van de tweehonderdzestig benoemde dagen de betekenissen gegeven in de vorm van trefwoorden. Wij zijn tot deze betekenissen gekomen door middel van droomprogrammering, wichelen, mediamieke overdracht en het dagelijks bijhouden van een verslag. We hebben een index toegevoegd waarin de dagtekens zijn genummerd, om het vinden van de plaats van de kaart te vergemakkelijken. Bij elk dagteken zijn de astrologische overeenkomsten opgenomen, de windstreek, de divinatorische betekenis en de betekenis van de individuele combinaties.

De astrologische overeenkomsten, die werden gevonden door te wichelen, leggen een verband tussen de tekens en de planeten enerzijds, en de individuele Azteekse symbolen anderzijds. De correlatie van de lichaamsdelen met de dagtekens werd ontleend aan een diagram in de Codex Rios. Elk dagteken is gekoppeld aan een van de vier windstreken. De vier windstreken worden, te beginnen met Kaaiman, vijf maal herhaald in de volgorde Oost, Noord, West en Zuid.

De trefwoorden bij elk van de tweehonderdzestig combinaties van dagteken en getal bevatten een reeks van woorden en woordgroepen die langs paranormale en experimentele weg werden gevonden. Omdat ze langs verschillende wegen werden bereikt zullen de betekenissen van de combinaties van kaart en getal voor de lezer misschien verwarrend zijn. In veel gevallen werd door paranormale bronnen aangegeven dat zowel een positieve als een negatieve betekenis mogelijk is. De lezer zal opmerken dat in de extremere gevallen een aantal tegengestelde betekenissen wordt genoemd. Wij geven de interpretator (de lezer) het advies zich soepel op te stellen, daar niet elke betekenis van elke combinatie bij het interpreteren of mediteren altijd gebruikt zal hoeven worden.

Het is onze overtuiging dat de betekenissen van deze divinatorische Tonalamatl in de juiste richting wijzen. Dit project zou kunnen worden vergeleken met een archeologisch voorwerp, dat enigszins aangetast is maar langzamerhand weer wordt opgebouwd en gereconstrueerd. Wij hopen dat het door aanvullend onderzoek en het verrichten van experimenten mogelijk zal zijn de Tonalpouhalli in zijn oorspronkelijke staat te herstellen.

De Twintig Benoemde Dagen

1 Kaaiman	*Cipactli*	Caimán
2 Wind	*Ehecatl*	Viento
3 Huis	*Calli*	Casa
4 Hagedis	*Cuetzpallin*	Lagartija
5 Slang	*Coatl*	Serpiente
6 Dood	*Miquiztli*	Muerte
7 Hert	*Mazatl*	Venado
8 Konijn	*Tochtli*	Conejo
9 Water	*Atl*	Agua
10 Hond	*Itzcuintli*	Perro
11 Aap	*Ozomatli*	Mono
12 Gras	*Malinalli*	Hierba
13 Riet	*Acatl*	Carrizo
14 Ocelot	*Ocelotl*	Tigre
15 Adelaar	*Cuauhtli*	Aguila
16 Gier	Cozcacuauhtli	Aguila de Collar (Buitre)
17 Aardbeving	*Ollin*	Tremblor de Tierra (Movimiento)
18 Mes	*Tecpatl*	Pedernal (Cuchillo)
19 Regen	*Quihuitl*	Lluvia
20 Bloem	*Xochitl*	Flor

1 Kaaiman
Cipactli

Astrologische overeenkomsten: Saturnus (Steenbok), Pluto (Schorpioen), Maan (Kreeft).
Lichaamsdelen: maag en lever.
Windstreek: oost.
Divinatorische betekenis: lichamelijke bescherming; een vorm van bedekking zoals een schuilplaats of een dak; in spanning verkeren; het juiste moment afwachten; voeden; voedsel; vis en schelpdieren.
Tegengestelde betekenis: ongeduld; het onkenbare; vermoeidheid; slaap; een dutje doen; de nacht.

1. Een moeilijk begin; geboorten; jonge moeder; de oorsprong van het Zelf; zichzelf beschermen; een nieuw iemand of iets dat beschermd moet worden.
2. Het aangaan van een verbintenis; partnerschap voor huiselijke doeleinden; versmelting met een ander met het oog op heling; de moederlijke kant van het gezin; pogingen tot zelfverzekerdheid; slapen.
3. Emotionele communicatie; erkenning van de eigen gevoelens; reparaties in het huis; huishoudelijke behoeften; woonomgeving.
4. Emotionele ontdekking; emotionele problemen en crises; gedwongen de emoties te negeren; lichamelijk ongemak; vermoeidheid; oriëntatiecrisis; voorgevoelens over de afloop.
5. Het baren van een kind; baby's; moederschap; het vinden van een emotioneel rustpunt; opwinding; spel; speelgoed; plaatsen waar men plezier heeft; ontspanning; een brug in de communicatie; metalen.
6. Voorraden; het grootbrengen van kinderen; verdediging; een nieuw idee; een scherpzinnige, vlugge geest; veeleisend.
   Tegengestelde betekenis: een tragedie binnen de familie; een crisis in de gezondheid.
7. Intens familiecontact; gemeenschappelijkheid binnen het gezin; samenwerking binnen de groep; emotioneel; het openhouden van contacten; het vragen om hulp; contemplatie.

Tegengestelde betekenis: in een situatie gedwongen worden; ambivalentie; de angst voor de vrijheid.
8. Bescherming van het eigen gebied en de eigen eer; het bouwen van een huis; fiscale aftrekpost; nieuwe financiering van het huis; georganiseerd zijn; wachten om een probleem op te lossen; macht en aanzien; voortplanting.
9. Het vinden van een nieuwe woonplaats; onbekende bestemmingen; voedsel voor de ziel; het lokaliseren van metalen; handlezen; plaatsen waar men tot zichzelf kan komen; politiemensen; wettelijke rechten.
    Tegengestelde betekenis: verschil van opvatting; psychiatrische inrichting; vervelende reizen; meningsverschillen met ouders.
10. Beheersing en manipulatie van dingen en andere mensen; negatieve oordelen.
    Tegengestelde betekenis: gezichtspunten van de andere leden van de familie; zakenreizen en -lunches; geschiedenis; de reïncarnatietheorie.
11. Tot stilstand of in een impasse komen tijdens een project; uitstel.
    Tegengestelde betekenis: onderdak; draagbare containers; kruiden; natuurlijke geneesmiddelen en voedsel; de oude wereld - de "bakermat van de beschaving".
12. Pikorde; maatschappelijke orde; scheiding; belemmeringen en versperringen; bezoek van ver weg wonende vrienden; verschillen in voorkeur voor voedsel; amfibieën; vis en schaaldieren.
13. Grootvader; het terugvallen op de grootouders als bron van kracht; familiegeheimen; het ontdekken van antiquiteiten; het bouwen of uitbreiden van een huis.
    Tegengestelde betekenis: oude structuren staan op het punt ineen te storten; een zeer lange wachttijd.

2 Wind
Ehecatl

Astrologische overeenkomsten: Mercurius (Tweelingen), Uranus (Waterman).
Lichaamsdeel: adem.
Windstreek: noord
Divinatorische betekenis: elke vorm van communicatie, zowel gesproken als geschreven; geestelijke activiteit; schrijven; gesprekken; telefoongesprekken; uitwisseling van ideeën tijdens bijeenkomsten; conferenties; eenzaamheid na een conflict of een ruzie; meditatie; versnippering van energie; het zoeken van onbekende waarheden; roeping en bestemming in het leven; antwoord van een geleidegeest; vertrouwen in jezelf en in andere mensen; beweging van lichaam en geest door wandelingen en trektochten.

1. Het bestuderen van taal; passieve en actieve beheersing van twee of meer talen; ontwikkeling van de gehoorzin; helderziendheid; bewuste beslissingen; intellectuele ambities; het opgroeien van een nieuwe generatie; een leerling.
2. Het luisteren naar muziek; slaapliedjes; boodschappen van de geleidegeesten; het ontmoeten van vrienden.
3. Communiceren in dezelfde taal; lente.
4. Discussie; het overbrengen van een belangrijk bericht.
   Tegengestelde betekenis: meningsverschillen; juridischeproblemen; geestelijke instorting.
5. Enthousiaste gesprekken; grote aantallen; het lezen of schrijven van romans; het ontvangen van gasten; een kermis; afspraken; huwelijksaanzoeken.
6. Het bespreken van ernstige aangelegenheden; de ontwikkeling van een thema of een reeks samenhangende denkbeelden; een intelligente, sluwe geest; hersengymnastiek; het zoeken naar de waarheid.
7. Het geven of krijgen van een consult; advies vragen aan een expert; het onderzoeken van de problemen van het leven; scheppend genie.
8. Lessen in het occulte; kennis van divinatie; integratie van de

rechter en de linker hersenhelft; astrale reizen; mediamiek zijn; dood; transformatie; het doorzien van menselijke verhoudingen; het verkrijgen van een scherp inzicht.
9. Lessen; het gebruik van stelsels van symbolen bij wijze van taal; intelligentie; weten hoe men zijn ideeën aan de man moet brengen; het maken van plannen op de lange termijn; interlokale telefoongesprekken; de wet; contacten met een advocaat; religieuze geschriften; het opleiden van en geven van adviezen aan tieners.
10. Oude en traditionele talen; de media; je naam in de krant.
11. Hoger bewustzijn; hypnose; gedachtenbewaking; telepathie; bibliothecaris; een bezoeker; stilstand; stagnatie.
12. Een wetenschappelijke vergelijking van geschilpunten; sportspektakels; vliegreizen; tegenstrijdigheden in de beoordeling; familietwisten.
13. Natuurrampen zoals orkanen, tornado's, hongersnood, zware regenval en aardbevingen; ambivalentie; besluiteloosheid; geestelijke vermoeidheid; verlies van geestelijke creativiteit.

Tegengestelde betekenis: voltooiing van het onderzoek; een wijze oude man.

3 Huis
Calli

Astrologische overeenkomsten: Saturnus (Steenbok), Pluto (Schorpioen).
Lichaamsdelen: voorhoofd en rechter oog.
Windstreek: west.
Divinatorische betekenis: vind de eigen woonplaats; bouw je huis; het leggen van een grondslag om te kunnen werken; ouders; onderhoud van het huis; nieuwe onderkomens; de natuurlijke verblijfplaats van de ziel; verkenning van het eigen zelf; afstemming op de juiste gesteldheid van het lichaam; het op één lijn brengen van het lichaam, de geest en de ziel; een formule voor het stelsel van het universum op het gebied van astrologie, astronomie, numerologie, alchemie en magie; volmaakte vorm; goed voorkomen; beheersing.
Tegengestelde betekenis: reparaties; oponthoud in de beginfase; onderdrukking; innerlijke spanning.

1. Verwezenlijking van de schepper-kracht in jezelf; het vinden van de jou toekomende plaats in het leven; de bouw van een huis; ontdekking van een oude beschaving; de kunst van alchemie en magie.
2. Emotionele contacten met ouders; zelf ouder zijn of je als zodanig opstellen; deelname aan gemeenschappelijke activiteiten; heilige gebieden; yin- en yang-energieën.
3. Onroerend goed; aannemers; architecten; architectuur; planologie; schrijvers; uitgevers; boodschappers; instructies; het transformeren van de kundalini-energie.
4. Het maken van plannen voor je huis; het sluiten van de zaak; het in evenwicht brengen van de lichaamsenergie; consolidatie.
5. Sociale bedrijvigheid in het huis; sociale riten; beelden van het huiselijk leven.
6. De dagelijkse gang van zaken thuis; zich houden aan het schema; gebruik van een kalender; het betalen van rekeningen; huizen om het hele jaar in te wonen; resultaten; genezing.

7. Erkenning van geestelijke lichamen; yoga; deelname aan een oecumenische bijeenkomst; religieuze plaatsen.
8. Vat krijgen op macht en energie; veranderingen de kans geven; een op vervulling gerichte beweging; wichelen; holistische therapeuten zoals chiropractors, yoga-leraren en shiatsu-therapeuten; het tot zich nemen van voedzame maaltijden.
9. Occulte kennis; de beoefening van astrologie, alchemie, numerologie en handlijnkunde; het ongerept laten van een gebied; bescherming van het wild.
   Tegengestelde betekenis: beëindiging van het huiselijk leven.
10. Slaapzalen; opvangtehuizen; oude riten; grote achting.
11. Opname in een ziekenhuis of in een psychiatrische inrichting; geestelijke instorting; het brengen van voedsel.
12. Zuiverheid; familiereünie's; verjaarsfeestjes.
    Tegengestelde betekenis: botsing van normen en waarden; starheid; uitsluiting van anderen; aardbevingen.
13. Hoofd van de huishouding; zich terugtrekken in zijn eigen huis; leven als een kluizenaar; een antiek of tamelijk oud huis; gebruikte en tweedehands artikelen.
    Tegengestelde betekenis: puinhopen; uiteindelijke ineenstorting; oude psychologische programma's; angsten.

4. Hagedis
Cuetzpallin

Astrologische overeenkomsten: Mercurius (Tweelingen en Maagd), Jupiter (Boogschutter) en Uranus (Waterman).
Lichaamsdelen: linkerkant van de bekkenstreek en baarmoeder.
Windstreek: zuid.
Divinatorische betekenis: een ongebruikelijk of uniek karakter; excentriek; individualist; mislukkeling; liberaal; radicale opvattingen; parvenu; opstandigheid; jeugdcriminaliteit; gevaar; verwerking van lichamelijke en geestelijke mishandeling; verlatenheid; onhandigheid; gescheidenheid; seksuele spanningen; perversiteiten.

1. Dwaasheid; de nar; ontdekking van je persoonlijke bron van jeugdigheid; onbewuste handelingen; zich alleen terugtrekken; een bepaalde plaats of persoon verlaten; onwetendheid.
2. Een ongebruikelijke partner hebben; een huwelijk met iemand die aanzienlijk jonger of aanzienlijk ouder is; bizarre seks; kameleon.
   Tegengestelde betekenis: onenigheid binnen de familie; emotionele onrust.
3. Satire; het genieten van, of het maken van, radicale poëzie; vertrek; doelloos rondreizen; onvoorspelbaar; geslepen.
   Tegengestelde betekenis: afgunst; ruzie.
4. Nieuwsgierigheid; plannen om ongebruikelijke, "new age" onderwerpen te bestuderen; archeologisch onderzoek langs paranormale weg; programma's voor seksuele voorlichting.
   Tegengestelde betekenis: isolement; gevaar; zijn eigen strijd leveren.
5. Radicale kunst; uitsloverij; arrogantie; doelloos rondreizen; magiër; verrader; perversiteit.
6. Slecht gekozen moment; onverdraagzaam; abnormaliteit; buiten elke verhouding; bizar; grillig.
7. De drang van een spirituele zoektocht; leven als een kluizenaar; heling door middel van raja-yoga; shiatsu.
   Tegengestelde betekenis: delirium; hallucinaties onder invloed van drugs.

8. Het interpreteren van voorspellingen; ceremoniële magie; groepstherapie; gespleten persoonlijkheid; tweelingen; homoseksualiteit; biseksualiteit.
   Tegengestelde betekenis: verwijdering; echtscheiding.
9. Belangstelling voor liberale standpunten; een boekenwurm; onpopulaire ideeën; geen strategie; de weg kwijt raken; een juridische procedure.
10. Excentriek; ongebruikelijk of uniek beroep.
    Tegengestelde betekenis: onbetrouwbare kennis; slechte reputatie; roddel en laster.
11. Transformaties; het opdelen van dingen in kleinere gehelen; het bespreken van de nieuwe richting die je leven krijgt; het zien van een oude vriend of collega; alchemistische processen; gevaar.
12. Verwijdering van anderen; mislukkeling; afkeer van wat anders is; het bezoeken van een verlaten of vreemde plaats; opsluiting in de gevangenis.
13. Afwijzing van de maatschappij; geestelijke en lichamelijke mishandeling; virus; bacteriën; injecties; leprozenkolonie.

5 Slang
Coatl

Astrologische overeenkomsten: Mercurius (Tweelingen), Zon (Leeuw), Pluto (Schorpioen).
Lichaamsdelen: geslachtsorganen.
Windstreek: oost.
Divinatorische betekenis: een krachtbron van energie; het creëren van positieve en negatieve gedachtengolven: liefde, haat, antipathie, medelijden; seksuele energie; goed en kwaad vermenigvuldigt zich met de snelheid van een wervelstorm; in staat zijn in je omgeving te ademen en/of te functioneren; opgaan in en tot uitdrukking brengen van ervaringen; je slechte eigenschappen in bedwang houden.

1. Erkenning van de Universele Schepper; God; oeractiviteit; onbewuste; de aura; DNA; geboorte; slang.
   Tegengestelde betekenis: volledig in beslag genomen worden door materialisme.
2. Paranormale verbondenheid met iemand; mysteriën; de noodzaak tot het maken van een keuze; duisternis; nucleaire macht. *Tegengestelde betekenis*: oude angsten; bezitterigheid; negatieve energie; vernietiging.
3. Spreken en schrijven over je ervaringen; de rechter hersenhelft; recordhouder; vrouwelijke seksualiteit; therapeutische gesprekken.
   Tegengestelde betekenis: heerschappij over de omgeving; iemand bespionneren; geheime agenten; seksuele problemen; pornografie.
4. Geconcentreerde kracht; meditatie over hartstocht en werk; ontdekking; profetie; voorspelling; het in evenwicht brengen van de eerste chakra; tastzin; zich bewust zijn van de lichamelijke begeerten van een ander; mannelijke seksualiteit; iets in de doofpot stoppen; geheimen; de keuze tussen goed en kwaad; confrontatie met onweer en storm.
5. Tot leven wekken van gedachtengolven; inventiviteit; beweging van het mannelijke en vrouwelijke ritme; trommen en ritme; abortus; seksuele aantrekkingskracht; liefdesverhoudin-

gen; trouw; jaloezie.
6. Profetie en voorspelling; gevoelsdiepte; medelijden; het verlangen te winnen.
Tegengestelde betekenis: verstoring van het ritme; ademhalingsproblemen; sekstherapie; bedrog.
7. Volmaaktheid van geest, lichaam en ziel; voeding voor lichaam en ziel; diepe meditatie.
8. De bestudering van het occultisme; ceremoniële magie; geheime genootschappen; toepassing van macht om veranderingen te bewerkstelligen; karma; het manifest worden van energievormen, zoals zonneënergie en nucleaire energie; beheersing van de emoties.
Tegengestelde betekenis: bestraffing; seksueel fanatisme; angst voor het donker.
9. Het in bedwang houden van slechte gewoonten; overdadige eetgewoonten of seksuele activiteit; fantasie; heimelijke kennis; knechtschap; vastzitten; een lege huls; de keuze tussen goed en kwaad; martelaarschap; seksuele kennis; lessen in het occulte; heling door watertherapie.
10. Charisma; een nieuw alternatief; yoga; tantrisme; celibaat; doktoren; genezers; medische faculteit; gemeentebesturen en overheidsinstellingen.
11. Tot leven wekken van gedachtengolven; transmutatie; groepsenergie; een reis door de tijd; astraal reizen; rituele magie; aanmoediging; compromis; de kunst van het geven en nemen; het delen van intieme gedachten; zichzelf verbeteren; iemand missen.
Tegengestelde betekenis: verwijdering.
12. Relaties met een invloedrijke familie; land van de aristocratie; macht over anderen; overheersing; vruchtbaar land; edelstenen; amuletten; groepstherapie.
13. Weten hoe je je in je leven moet laten voortdrijven; het einde van een cyclus; iemand uit je verleden herkennen; loslaten; afstappen van oude gedachten.
Tegengestelde betekenis: vermindering van de levenskracht; angst voor het donker; afwijzing; een dodelijke ziekte; coma; abortus.

6 Dood
Miquiztli

Astrologische overeenkomsten: Maan (Kreeft), Neptunus (Vissen), Pluto (Schorpioen).
Lichaamsdeel: schedel.
Windstreek: noord.
Divinatorische betekenis: het aanvaarden van veranderingen; een beslissende keuze doen; catharsis; overgang van één wereld naar een andere, zoals pensionering of het verlaten van huis en gezin; huilen; rouw; verwoesting van bezittingen; verderf; armoede.

1. Ontwaken; een aankondiging of een teken van verandering; de ziel keert terug naar de geesten-wereld; het omslaan van een bladzijde.
2. Instandhouding van het vertrouwen; zich bewust zijn van het zilveren koord; astrale reizen.
   Tegengestelde betekenis: zich terugtrekken; het ein-de van een huwelijk of een relatie.
3. Toepassing van automatisch schrift, paranormale gaven, levitatie en ouija-bord als methode om in contact te komen met informatie die afkomstig is van het hogere zelf of de geleidegeesten; psy-chologie; loutering; hergebruik en restauratie.
4. Het bijstellen van gemaakte keuzes; de plaats tussen twijfel en wilskracht; opnieuw inprenten en conditioneren om verder te kunnen komen op de ingeslagen weg; celibaat.
   Tegengestelde betekenis: het ontbreken van elke betekenis; stagnatie.
5. Intensieve creativiteit; een krachtig optreden en een krachtige indruk; psychodrama; tantrische seks; cadeau's voor een bruid of een vrijgezellenfeest.
6. Het afrekenen met een bepaalde geestelijke of lichamelijke toestand; achtergebleven emoties; rouw; heroriëntatie na een sterfgeval; vertrek naar een nieuwe gemeenschap, een andere provincie of een andere staat; achterlating van huis en haard.
7. Spirituele transformatie; catharsis; helderziendheid; de aura; psychometrie.

8. Overgang van één wereld naar een andere; kundalini-energie; hypnose; zelfsuggestie; mediamieke kennisoverdracht; wonderen; hartstocht; rebirthing.
   Tegengestelde betekenis: echtscheiding; verlies van bezittingen.
9. Overdracht van kennis tussen mensen onderling; de eigen kennis gebruiken; oude ideeën die nog steeds leven.
   Tegengestelde betekenis: psychische druk; slecht nieuws; rouwen om een dierbare; armoede.
10. Ingrijpende veranderingen; nieuwe omstandigheden; schokkende gebeurtenissen in het leven.
    Tegengestelde betekenis: afwijzing; verdachtmaking.
11. Versmelting; vermenging; inschikkelijkheid van de geest om tussen de werelden heen en weer te reizen; lichamelijke geboorte en dood; bijna-dood-ervaringen; kwesties van leven en dood onder ogen zien; het openen van de chakra's.
12. Een continue stroom; groei in een relatie.
    Tegengestelde betekenis: beëindiging van een turbulente relatie; immoraliteit.
13. Spirituele wedergeboorte; terugtrekking; retraite; overgave; een situatie de rug toekeren.

7 Hert
Mazatl

Astrologische overeenkomsten: Venus (Stier/Venus), Mercurius (Tweelingen).
Lichaamsdeel: rechter voet (been).
Windstreek: west.
Divinatorische betekenis: het vergaren van voedsel; banketten; feestmalen; gastvrijheid; liefdadigheid; spontaniteit; luchthartigheid; offerandes; geschenken; geel; maatschappelijke positie; de ceremonie van de dans; hofmakerij; paring.

1. Een natuurlijke roes; een plezierige tijd in het vooruitzicht hebben; een offerande; het begin van een liefde; eerste afspraakje; groots begin; de dag waarop een restaurant geopend wordt; huwelijksceremonie.
2. Feestmalen; banketten; familiediner; het vergaren van voedsel; voedsel inkopen; porties ronddelen; gastvrijheid; vrijwilligerswerk; uitnodigingen; verlegenheid; dansen in een discotheek.
3. Oprechtheid; praten over plezier maken; adviseur; vrouwenorganisaties; kunst en literatuur; reparatie van muziekinstrumenten; trektochten maken.
4. Gastvrijheid; het voorstellen van familieleden; familiediner; feestmalen; het vergaren van voedsel; land- en tuinbouw; mannenorganisaties.
5. Uiterlijk vertoon; komedie; clichés; de ceremonie van de dans; dansen; discotheken; samenzang; hofmakerij; paring; feestmalen.
6. Een huiselijke situatie; uitnodigingen; het organiseren van een viering; maatschappelijke dienstverlening; muziek componeren; dansen; choreograaf.
   Tegengestelde betekenis: besluiteloosheid met betrekking tot een vrouw.
7. Geestelijk voedsel; gewijde riten, onder andere de heilige mis en een huwelijksceremonie; inzicht krijgen in de betekenis van feestvreugde door de gebruiken te observeren; aan de andere kant van het hek is het altijd beter.

8. Hereniging; buitenshuis eten; kunsttherapie; maatschappelijke psychologie; paring met het oog op voortplanting; uitnodigingen; het vergaren van voedsel; de jacht; het ontvangen van geschenken.
9. Belemmeringen in de stroom van creativiteit; moeite hebben om ergens van te genieten.
   Tegengestelde betekenis: zich ontspannen en plezier maken; zich vriendelijk en open opstellen; bestudering van de natuur; verklaring van natuurlijke gebieden.
10. Openbare ceremoniën; spectaculaire televisieshows; een groep mensen aan het werk; concerten; amusement; goed nieuws; prettige gesprekken; adviseurs; een analyse van de mogelijkheid tot het maken van combinaties.
11. Musea; verhoging van het bewustzijn door middel van muziek en beeldende kunst; samenzang; religieuze feestdagen; geschenken; boeken; leren met anderen rekening te houden.
12. Donaties; liefdadigheid; missiewerk; vredeskorps.
13. Het volgen van oude riten; opleving van oude gebruiken; bezweringen; nauwgezetheid; een feest van een grote organisatie; kunst uit de rococo.

8 Konijn
Tochtli

Astrologische overeenkomsten: Uranus (Waterman), Jupiter (Boogschutter).
Lichaamsdeel: linker oor.
Windstreek: zuid.
Divinatorische betekenis: discussiëren; marchanderen; onderhandelingen; triomferen door intelligentie; politieke motieven; rijkdom; opportunisme; het baren van kinderen; zaaien en planten; oogsten; rijpheid; produktiviteit.

1. Geboorte; nieuwe produkten; marchanderen; een rechter; zaaien en planten.
2. De geschiedenis en traditie van veldslagen; familiebijeenkomsten en -vetes; twijfelachtige procedures; de jury; politieke geschillen; financiële kwesties; speculatie met aandelen.
3. Het nemen van besluiten; slimheid; dingen kunnen verkopen; meditatie; vrouwelijke voortplanting; jonge kinderen.
   Tegengestelde betekenis: ruzies.
4. Contracten; demonstraties; audities; een ontmoeting met gelijkgestemden; slordig omspringen met een tijdschema; politieke bijeenkomsten; rijkdom; mannelijke voortplanting.
5. Het baren van kinderen; dingen kunnen verkopen; aanwezigheid bij een zakenborrel of -lunch; discussies met vrienden en kennissen.
6. Rijkdom; oogst; missiewerk; sportinstructies; benzinepompen; voorzorgsmaatregelen; een zakelijke overeenkomst sluiten.
   Tegengestelde betekenis: werken onder moeilijke omstandigheden; problemen tijdens een bevalling.
7. Schoonmaken; offers; missiewerk; religieuze politiek; oogst; rijpheid en volwassenheid.
8. Rijkdom; corporaties; het opzetten van een credietsysteem; triomferen door intelligentie; het baren van kinderen; vruchtbaarheid en voortplanting; groepsseks.
9. Onderhandelingen; machtshonger; ontmoetingen met gelijkgestemden; zakelijke problemen; juridische complicaties; het verlies van een kind; miskraam.

10. Politieke motieven en campagnes; fusies; openbare liefdadigheid; discussies; rijkdom; triomf.
11. Tijd om met de kinderen te spelen; artiesten die kindervoorstellingen geven; onpopulaire kwesties; matriarchaat.
12. Gulheid; politieke motieven; transacties met buitenlanders; importeren en exporteren.
13. het aflossen van een schuld; achterhaalde politieke ideeën; achterhaalde produkten; een waarschuwing; een late oogst; een dood geboren kind.

9 Water
Atl

Astrologische overeenkomsten: Maan (Kreeft), Pluto (Schorpioen).
Lichaamsdeel: haar.
Windstreek: oost.
Divinatorische betekenis: de noodzaak emoties in evenwicht te houden en te beheersen; handelwijzen worden ingegeven door gevoelens en emoties; de levensloop; verlichting; een drang voorwaarts; de behoefte nú iets te doen; beheersing van de zonnevlecht en de hartchakra; yin; vrouwelijkheid; vrouwelijke karakters; iemand missen.

1. Ontwikkeling van de intuïtie; een drang voorwaarts; dijkdoorbraak; emotionele uitbarstingen.
2. Iemand missen; yin; emotionele communicatie; dromen; vreugde; sentimenteel; smelten.
3. Vrouwelijke karakters; vrouwelijkheid; drainage; hysterie; emotionele verwarring; invoelend begrip.
4. Onderwijs geven; schoonmaken; levitatie; sensatie; iemand missen; mannelijke emotionele problemen; het onderdrukken van emoties.
5. Kinderachtig gedrag; verliefd worden; heftige gevoelens voor iemand anders; liefde; beheersing van de hartchakra; weifeling.
6. Beheersing van de zonnevlecht; psychometrie.
   Tegengestelde betekenis: labiel.
7. De levensloop; verlichting; het in evenwicht houden van emoties.
   Tegengestelde betekenis: geestesziekten; depressiviteit; ongelukkige keuze van het moment.
8. Schoonmaken; reinigen; de eigen religie nieuw leven inblazen; paranormale begaafdheid; groepstherapie; groepshealing.
9. Iemand missen; ongerustheid om iemands afwezigheid; verdriet; verward; niet emotioneel; gebrek aan gevoeligheid; opsluiting; isolement; uitsluiting; in ballingschap zijn; falen;

alles is naar de bliksem; zonder gevoelens.
10. Publiek vertoon van emoties; priester; dominee; leraar; astroloog; paranormaal; wereldleider; theater; het respecteren van de emoties van iemand anders.
11. Ver vooruit blikken; een beeld hebben van de toekomst; een drang voorwaarts.
    Tegengestelde betekenis: verspilling van emotionele energie; woede; razernij; ergernis; onbeantwoorde liefde; medelijden; zwakte.
12. Een uiterste toestand van geluk of verdriet; plannen maken voor een bruiloft; vreugde; een verveelvoudiging van goedheid en elegantie; geluk als beloning.
    Tegengestelde betekenis: jaloezie; teleurstelling; verzet tegen veranderingen.
13. Gesprekken over de dood; het verkrijgen van inzicht in de toekomst; reizen over water; euthanasie.

10 Hond
Itzcuintli

Astrologische overeenkomst: Jupiter (Boogschutter).
Lichaamsdeel: neus.
Windstreek: noord.
Divinatorische betekenis: loyaliteit; vriend; lange afstanden afleggen; uitgestrekte velden (te vergelijken met prairies); trektochten maken; de weg wijzen (aan een individu of aan een groep) naar een bepaalde plaats; naar iets zoeken; archeologie;wichelen; interlokale telefoongesprekken; het bezorgen van dingen; vondsten; vervulling van wensen; iemand (een vriend of een gastheer) vervult je wensen zonder een tegenprestatie te verlangen.

1. Het begin van een expeditie; kunstvoorwerpen; het beklimmen van een berg; de leiding op zich nemen; ambitie; bereidheid tot leren; meedelen; hulp inroepen ten behoeve van een huisdier.
2. Kameraadschap; familie; huisdieren; vriendelijkheid van de kant van buren; herinneringen; astraal reizen.
   Tegengestelde betekenis: reisproblemen.
3. Berichten versturen; zich een redelijke geestestoestand verwerven; pijnappelklier; over grote afstanden kijken.
   Tegengestelde betekenis: reparaties aan de auto.
4. Loyaliteit; volharding; analytische geest; leefwijzen; huisvesting.
   Tegengestelde betekenis: omwegen en communicatieproblemen.
5. Optreden; geografie; reizen over land; rondtrekken; groepsreizen; in aanraking komen met buitenlandse reizen en voedsel; filosofische discussies.
6. Het conserveren van voedsel; worden rondgeleid door een gids; archeologische vondsten; verkenning van het terrein; een scherp denkvermogen; scherp inzicht; een kritische geest; het verheerlijken van een overtuiging of een leider; het halen van vliegtuigen.
7. Universele doelen; spirituele retraite; trachten een leider te

evenaren; experimenten; een nieuwe route uitproberen, een nieuwe weg inslaan; beeldhouwkunst; natuurlijke landschappen.
8. Occulte filosofie; kennis als macht; veranderingen aanbrengen in de band met andere plaatsen; naar een zakenlunch gaan; kamperen; nudistenkamp.
9. Gelach; een onstuimig karakter; gemeenschappelijk gebruik van hulpbronnen; een reisgids; een hogere opleiding krijgen; verre reizen; uitgeven en adverteren.
10. Adel; rijkdom; hogere standen; geschiedenis; optekenen wat er gebeurd is.
11. Vervulling van wensen; verwachtingen en dromen ten aanzien van de toekomst; het volgen van ingevingen en voortekens; het trekken van conclusies; paranormale archeologie; wichelen; een sociaalvoelend karakter; geduld; standvastig; genezen met behulp van kruiden uit verre streken.
12. Slechte communicatie; eenzaamheid; verlegenheid; onhandigheid; vreemde talen; hardlopen over lange afstanden en rondtrekken; vormen van kunst.
13. Iets horen van een vroegere vriend; het einde van een verre reis; een trektocht maken; een zware last dragen; historicus; het verkrijgen van innerlijke wijsheid; stilte; zelfopoffering.

11 Aap
Ozomatli

Astrologische overeenkomsten: Venus (Weegschaal), Mars (Ram), Uranus (Waterman).
Lichaamsdeel: linker hand (arm).
Windstreek: west.
Divinatorische betekenis: leerlingschap; zich oefenen; masker; een vermomming waarachter de werkelijke persoonlijkheid schuil gaat; amusement; feestjes; dansen; recreëren in een groep; theater; concerten; uiterlijk vertoon; wetenschap; het ontdekken van je eigen culturele patronen en die van anderen; bijeenkomsten van de stam; clans; broederschappen; nationale en internationale organisaties; etnische groeperingen.

1. De wereld van de verbeelding; een artiest die kindervoorstellingen geeft; eerste optreden; het oprichten van een groep of een broederschap.
   Tegengestelde betekenis: arrogantie.
2. Het uitvoeren van een vorm van kunst; rock muziek; feestmaal; twee mensen tijdens een korte reis.
3. Literatuur; het voordragen van poëzie; fabels; gelijkenissen; tentoonstellingen; groepsdiscussies; groepsreizen en excursies; vrouwelijke karakters.
4. Oefenen met het oog op een optreden; picknicken met de familie; wetenschap.
   Tegengestelde betekenis: zogenaamde kunstenaar; een plannetje; intrige; een dief; incognito; verduistering; zakkenrollerij.
5. Acteren; optreden; uiterlijk vertoon; festival; dansen; voor publiek zingen; een muziekinstrument bespelen; stijl; liefdesaffaire; ostentatieve seksualiteit.
6. Groots opgezette produkties; ceremoniën; grote vieringen; rituele decoraties; frivool zijn; onbenulligheden.
7. Het zingend voordragen van mantra's; meditatieve en religieuze muziek; religieuze rite; de heilige mis; gevoel bij muziek; psychodrama; pantomime; het dragen van kostuums.
8. Indrukwekkende optredens; het laten optreden van dieren; agentschap in de amusementssector; kaartjes reserveren voor

een show; werken op uiteenlopende plaatsen; ceremoniële magie; anderen bang maken; seminars die tot ingrijpende veranderingen aanleiding zijn.
9. Initiatief; wetenschappelijke belangstelling; agres-sief.
Tegengestelde betekenis: excessieve geest; in een roes zijn; excessief drinken; luidruchtig; uitgelaten; ondeugende streken.
10. Optreden in het openbaar; goede kritieken; voortgezette kunstopleiding; beroemdheid; beroemde zanger.
11. Interview; fotografie; verschijningen; magische riten; wensgedachten koesteren.
12. Culturele tentoonstellingen; deelname aan de olympische spelen; etnische liederen; benefietconcerten; muziekinstrumenten.
13. Het afnemen van het masker; wetenschap; conventies; het publiceren van een toneelstuk; rondreizend theater; waardering voor klassieke muziek; plezier in bizarre seks; homoseksualiteit.

12 Gras
Malinalli

Astrologische overeenkomst: Mars (Ram).
Lichaamsdeel: ingewanden.
Windstreek: zuid.
Divinatorische betekenis: de behoefte om te praten; het als een gemis voelen dat je niet kunt praten; zelfopoffering; zelfbestraffing; een scherpe, analytische geest; vinnigheid, sarcasme en een onomwonden manier van uitdrukken; een zich duidelijk aftekenende textuur; de achterliggende motieven ontdekken; ter zake komen tijdens een gesprek; ergernis; impulsiviteit; weten wanneer je je fysieke energie moet gebruiken voor een bepaalde activiteit; weten wanneer je je voor iets moet opwerpen en wanneer je de zaken op hun beloop moet laten; bloeden; jezelf snijden.

1. Zelfopoffering; protest; intimideren; snij- en schaafwonden.
2. De tijd samen doorbrengen; de behoefte om met iemand te praten.
   Tegengestelde betekenis: onderbrekingen; woede en boosheid.
3. Het als een gemis voelen dat je niet kunt praten; botheid; menstruatie; menstruatiebloed.
4. Energie aanwenden tot een bepaald doel; volmacht; bloed geven; respect; hoffelijkheid.
5. Plankenkoorts; ervan weerhouden worden plezier in iets te hebben; masturbatie; een dutje doen; openbare vernedering.
6. Een analytische geest; ter zake komen; kritiek; je fysieke energie onder controle houden; ziekte en gezondheid.
7. Een innerlijke retraite; religieuze boetedoening; zelfopoffering voor een hoger doel.
8. Een sterke groep; wederzijdse steun; voorgevoelens; geneeskunde; chirurgie.
9. Een discussie; een proces; protesten en acties; verwarring ten aanzien van je doel in het leven; niet in staat zijn te praten; misverstanden; angst.
10. Populaire leiders; maatschappelijk werkers; openbare bekentenis.

11. Verdriet; pijn (lichamelijk en emotioneel); vitale energieën kwijtraken; chirurgie; een diepe snee; snij- en brandwonden; het slachtoffer zijn van een paranormale aanval; offers; dieroffers.
12. Misverstanden; ergernis; tijdens een gesprek ter zake komen; meningsverschillen over de waarde van een offer; weten wanneer je je terug moet trekken; een opknapbeurt; een bezoek aan de tandarts.
13. Het bereikbare; alles eruit halen wat erin zit.
    Tegengestelde betekenis: behoedzaamheid in het najagen van je doelen; vermindering.

13 Riet
Acatl

Astrologische overeenkomsten: Jupiter (Boogschutter), Pluto (Schorpioen), Mercurius (Tweelingen en Maagd).
Lichaamsdeel: hart.
Windstreek: oost.
Divinatorische betekenis: opleiding; kennis; begrijpen; onderwijs; een leraar of een figuur met gezag; Quetzalcoatl; seksualiteit; inwijding tot een hoger bewustzijnsniveau; uitbreiding van het aantal leden van een organisatie; rivaliteit of strijd om een organisatie op te bouwen.

1. Puberteit; inwijding tot een nieuw bewustzijnsniveau; inwijding tot paranormaal bewustzijn; een invloedrijke leraar; voor het eerst voor de klas staan; profeet; Quetzalcoatl.
2. De kracht van twee mensen die samenwerken; de hulp inroepen van mensen met gezag; traditionele kennis; kennismaking met een organisatie; mediteren over een bepaald idee; politiek denken; de belichaming van kennis; verklaring van de verschillende niveaus van de zielen.
3. Het verwoorden van ideeën; schrijven; de viering van een feestdag door een school of een gemeenschap; een adviserend orgaan.
4. Geloof in God; lofprijzingen aan goden en godinnen; de beproevingen van een volgeling; ordelijk en wetenschappelijk denken; voorzitter van een organisatie.
5. De raadsels van het leven; creatief onderwijs geven; theater en toneel als leermethode; een metafysische of filosofische organisatie; zich bewust zijn van het doel van seksualiteit; transformatie van seksuele energie; oedipuscomplex.
6. Een plechtige gelofte aan het universum; een bijdrage aan de samenleving; een platform; een beroemd schrijver; hulpmiddelen die je gebruikt om iets te leren; verbeteringen aanbrengen in je kennis; kritiek en analyse.
7. De verwerving van spirituele kennis; religieuze gebruiken; een spirituele leraar of gids; zen-meester; een opleiding afwegen tegen onwetendheid.

8. Ingewikkelde modellen van het universum; kundalini-energie; yoga; seminars die aanleiding zijn tot ingrijpende veranderingen; beheersing van de geest; leiders van groepstherapieën; maatschappelijk werkers; advocaten die zich hebben gespecialiseerd in echtscheidingskwesties.
9. Morele en ethische kwesties; de kabbala; de thora; een leraar filosofie; een religieus leider; de paus; astrologische kennis; astrologen; de wetten van het land; de grondwet; de eed van Hippocrates; streven naar goedkeuring; inspectie.
10. De juiste procedure om te leren; natuurwetten; een dogma; de paus.
11. Leren dienstbaar te zijn voordat je leert leiding te geven; kennis van occulte zaken; spirituele inwijding tot een spirituele orde; paranormale genezers; groepshealing.
12. Hypothese; de filosofie van waarheid en licht; een oecumenisch orgaan; pogingen verschillen in kennis te overbruggen.
13. Het bereiken van een hoge ouderdom; de dag des oordeels; de laatste incarnatie; de vroegere voorzitter van een organisatie. *Tegengestelde betekenis*: informatie zonder werkelijke inhoud.

14 Ocelot
Ocelotl

Astrologische overeenkomsten: Mercurius (Tweelingen), Neptunus (Vissen), Pluto (Schorpioen).
Lichaamsdeel: linker voet.
Windstreek: noord.
Divinatorische betekenis: boodschapper; dromen; bewustzijn; een volledige heelheid van geest en ziel hebben bereikt; streven naar een relatie waarin je je werkelijk een geheel voelt; het opstellen van ingewikkelde plannen; op handen zijnde veranderingen; gebruik van de creatieve geest; in staat zijn je geestelijk en lichamelijk te ontspannen.
Tegengestelde betekenis: duisternis.

1. Oergeest; ontwakend bewustzijn; een nieuw begin; nieuwe projecten; een aankondiging; een uitnodiging voor een zakelijke bijeenkomst; de ceremonie van de doop; de ceremonie van het vormsel; bruiloft; voorgesteld worden aan iemand anders; de opening van een grot; toegang tot andere werelden.
2. Ideeën bereiken je wanneer je droomt; geestelijke inspanning 's ochtends vroeg; spreken met familieleden; een afspraak om uit eten te gaan; territoriale aangelegenheden; rechten van krakers.
3. Verdaging van een proces of schoolvakantie; werken met schrijfgereedschappen: penselen en potloden; vergaderingen van de gemeenschap; gesprekken met buren; bezoeken; diplomatie; onderhandelingen.
4. Het element Lucht; oost; het construeren van een psychisch model; het onbewuste; er alleen voor staan; zich zekerheden verschaffen.
   Tegengestelde betekenis: problemen zijn de oorzaak van veranderingen.
5. Een positieve instelling; optimisme; een sterke intuïtie; je eigen voorstellingswereld beschermen; persoonlijk vervaardigde kunstvoorwerpen; een per-soonlijk liefdesavontuur; een geheim liefdesavontuur.
6. Creatief dromen; literatuur; poëzie; lyriek; pianist; georgani-

seerd denken; het voltooien van dingen; vloeistoffen.
7. Innerlijk spiritueel werk; spirituele vorderingen; lijden; meditatie; klooster.
Tegengestelde betekenis: duisternis; fysiotherapie; ontsnapping.
8. Getuigen; radio- of televisieuitzending; sport (basketbal, voetbal, atletiek, worstelen, zwemmen); bewustzijn.
Tegengestelde betekenis: anderen indirect overheersen; paranormale aanval; echtscheiding; echtscheidingspapieren; geheime documenten.
9. Het voorbereiden en organiseren van een thema; particuliere instructies; een vermoeiend gesprek, vermoeiende communicatie.
10. Oude manuscripten; traditionele ideeën of stromingen in het denken. Gesprekken met oude vrienden; middelbare school; universiteit; het halen van het diploma.
11. Kopiëren en nogmaals kopiëren; tekens; banieren; verklaring van onafhankelijkheid; beroemdheid; beroemd schrijver.
12. Het tekenen van kaarten en plattegronden; constructiewerkzaamheden; zich terugtrekken uit de maatschappij of het gezin; meningsverschillen met de maatschappij.
13. Eenzaamheid; starheid van geest.

15 Adelaar
Cuauhtli

Astrologische overeenkomsten: Zon (Leeuw), Mars (Ram).
Lichaamsdeel: rechter hand (arm).
Windstreek: west.
Divinatorische betekenis: leiderschap; management; zakenman; hoofd van de huishouding; onroerend goed; erfenis; elk willekeurig middel tot financiële zekerheid van de familie;, regering; president; conservatief.
Tegengestelde betekenis: fraude met aandelen; bedrog.

1. Zichzelf bewijzen; een sterk karakter; gewaagd leiderschap; authenticiteit; sportheld.
2. Kracht via een partner; huwelijk met iemand van koninklijken bloede; medeëigenaren; vaderfiguur; conservatieve leider; financiële zekerheid van de familie.
3. Goedkeuring; trots; pochend; donatie; bijdrage; opzichter; technicus; mecanicien; vrouwelijk hoofd van de huishouding.
4. Plannen opstellen; landkaarten maken; inspecteren; onroerend goed; het beste bouwland; mannelijk hoofd van de huishouding.
   Tegengestelde betekenis: bedriegen.
5. Creatief leiderschap; zeer getalenteerd kunstenaar; sportheld; kinderplichten; uitzinnige geschenken; op koninklijke wijze worden behandeld; seksueel charisma.
6. Instandhouding; regels en voorschriften voor bedrijfsmanagement; crisis in het leiderschap; met een verontschuldiging blijk geven van ontzag.
7. Spirituele kracht; de Universele Schepper; goden en godinnen; dominee; priester; paus; klooster.
8. Leiderschap; opklimmen tot een machtspositie; boedelscheiding; financiële zekerheid van de familie; erfenis; aandelen en obligaties.
9. Wetgeving van maatschappij en stam; politieke organisaties; pleegouders of voogd; succes als idealistisch leider; crisis in het leiderschap.

Tegengestelde betekenis: als leider in gebreke blijven; verlies van financieel aanzien; fraude met aandelen; straf; wettelijke aansprakelijkheid; verwarring.
10. Regering; president; generaal; hoofdcommissaris van politie; gevangenisdirecteur; hoofd van de huishouding; zakenman; het volgen van aanwijzingen, regels en voorschriften; grondwettelijke documenten; conservatief; kroning; inauguratie.
11. Diplomatie; bijeenkomsten van de stam; maatregelen; belangrijke documenten.
Tegengestelde betekenis: ondergeschiktheid; iemand onder druk zetten; problemen met adviezen; een laatste toevlucht; oorlogsverklaring; de pijn van een offer.
12. Gearrangeerde huwelijken; problemen met leiderschap; schandaal.
13. Het doorgeven van kennis; de laatste schooldag; pensionering.
Tegengestelde betekenis: oud zijn en in de weg zitten; in gebreke blijven als leider.

16 Gier
Cozcacuauhtli

Astrologische overeenkomsten: Saturnus (Steenbok).
Lichaamsdeel: rechter oor.
Windstreek: zuid.
Divinatorische betekenis: onderscheid; status en hiërarchie; sterk tegenover zwak; kwetsbaarheid; gebrek aan zelfvertrouwen; gewonde trots; vooroordeel; anderen of jezelf leegzuigen; van de kans gebruik maken; beheersen; je achter anderen verschuilen; opportunisme; de confrontatie tussen eerlijkheid en oneerlijkheid; ergernis; gekrenktheid; oorzaak van verval of vernietiging van de persoonlijkheid of het fysieke lichaam; vergelding.

1. Zelfopgelegde afzondering; zelfloochening; minderwaardigheid; een martelaar; slechte vibraties; verlies van ritme; ziekte.
2. Kwetsbaarheid; angst; gebrek aan vertrouwen; vooroordeel; woede; vijandigheid; zich verschuilen achter anderen; een openlijke vijand; omgang met mensen die zich superieur willen voelen; ontvoering.
3. Eerlijkheid; soepel verlopende activiteiten.
   Tegengestelde betekenis: bureaucratie; zwakzinnigheid; misverstanden; een negatieve uitstraling hebben; spullen die kapot zijn; roestig of bedorven.
4. Het kwaad; haat; slechte vibraties; knechtschap; slavernij; anderen overheersen; dingen hamsteren; sterk tegenover zwak.
5. Gewonde trots; voor een ander in de steek gelaten worden; iemand anders via een spelletje domineren; verkrachting; sadisme; pornografie; obsceniteit.
6. Een martelaar; slechte vibraties voelen; ziekte; verlies van ritme.
7. Zelfbestraffing; zelfopoffering; zelfloochening; masochisme; vasten; celibaat; gekrenktheid; verklaring van de bestraffing.
8. Voordelig; financiële steun.
   Tegengestelde betekenis: anderen gebruiken; opportunisme; opgaan in anderen; contrast tussen rijk en arm; psychische scheiding; een gespleten geest; exorcisme; zwarte magie;

voodoo; negatieve vibraties afgeven; wraak; echtscheiding.
9. Depressiviteit; ergernis; zwakheid; gevoelsarmoede; afstand nemen van mensen die anders zijn; vooroordeel; ontvoeren; gevangenis.
10. Onderscheid; status en hiërarchie; zich bij anderen aansluiten om een reputatie op te bouwen.
Tegengestelde betekenis: proberen iemands aanzien te gebruiken om aan geloofwaardigheid te winnen; leider van een cultus; superioriteit over anderen; gegeneerd; bevooroordeeld.
11. De invloed van iemand anders dwingt je de waarheid onder ogen te zien; astrale omhulsels.
Tegengestelde betekenis: slechte geesten; tijdelijk geestesziek; scheiding; zwakte; er alleen voor staan.
12. Schelden; een grappenmaker; onderscheid naar kaste; ondankbaarheid; overtreding; ontvoering; eerlijkheid tegenover oneerlijkheid.
13. Duisternis; de dood van het lichaam; vernietiging; nucleaire winter.

17 Aardbeving
Ollin

Astrologische overeenkomsten: Mercurius (Tweelingen), Saturnus (Steenbok), Uranus (Waterman), Pluto (Schorpioen).
Lichaamsdeel: tong.
Windstreek: oost.
Divinatorische betekenis: het kiezen van het juiste moment; schema's opstellen; tijdslimiet; drukke bezigheden; wachten op nieuws; wapenstilstand; territorialiteit; niet emotioneel; vermoeid en gespannen; dingen van waarde in veiligheid brengen.

1. Haast; noodgeval; een doorbraak; automatische reacties; het bericht dat je aanwezigheid gewenst is.
   Tegengestelde betekenis: vernietiging.
2. Zekerheid; iemand onverwacht ontmoeten; door een toeval of door de beschikking van het lot.
   Tegengestelde betekenis: uiteenvallen in tegengestelden; leden van één clan tegen elkaar opzetten; echtscheiding.
3. Als boodschapper fungeren; een divinatiespel.
   Tegengestelde betekenis: implosie; psychische nood; kapotte machines; kapotte auto's.
4. Dienstregeling; onderbreking; een gebeurtenis tijdens een periode van windstilte; je bewust worden van je fouten; territorialiteit; aanspraken op land; buitenlandse gebieden.
5. De vonken van de liefde; een relatie die vrijheid en individualiteit bevordert; een beheerst optreden.
6. Tijdsbeperkingen; onder druk staan om op schema te blijven; lopende band; wapenstilstand; vrede; op een onbezonnen manier met je verantwoordelijkheden omgaan; vluchteling; dingen van waarde in veiligheid brengen.
7. Een openbaring; kalme verspreiding; in God geloven; op God vertrouwen; visioenen hebben; waarheid; de juiste weg bewandelen.
   Tegengestelde betekenis: verbeteringen aanbrengen; bemoeienis.

8. Twee zielen één gedachte; kracht opbouwen; vorming van de wil; partnerschap voor het leven; territorialiteit; land delen. *Tegengestelde betekenis*: oorlogsspelletjes; openbare vernietiging; een plotseling sterfgeval.
9. Een waarschuwing; iets toewijzen; de noodzaak om je koers bij te stellen; iemand laten schrikken; ontwaken; een onverwachte ramp; het leven verliezen.
10. Tijdslimiet; prikklok; talenten; wachten op een bericht van iemand met gezag; uitbarsting van energie; nieuweling; oppervlakkige schijn; een werkkring in de media; tolk; talenkenner; een schrijver; werk op freelance-basis; astroloog; onderzoek.
11. Overwerkt, vermoeid en gespannen; geplande veranderingen; onderbrekingen; vatbaar voor ongelukken; het verstoren van het leven van de mensen uit je omgeving; inzien dat je vooroordelen onjuist zijn.
12. Kameraden naar de ziel; zielsverwanten; de verwachting een familielid te zien; wapenstilstand; tanden; redding.
13. De noodzaak tot eliminatie; toxische overbelasting; de prioriteit geven aan anderen boven jezelf; beschouwing van je karakter; dringende kwesties; wezenloosheid; verrassingen; laatste adem; overuren; na de vervaldatum; niet in de maat.

18 Mes
Tecpatl

Astrologische overeenkomsten: Mars (Ram), Neptunus (Vissen), Pluto (Schorpioen).
Lichaamsdeel: tanden.
Windstreek: noord.
Divinatorische betekenis: actief; druk bezig; hard werken; dingen maken; dingen bouwen; keuzes doen; prioriteiten toekennen of bepalen overeenkomstig je eigen verantwoordelijkheden of wensen; onderscheid naar status; hiërarchie; onderscheid naar grondbezit; nauwgezetheid; details; relevantie van feiten; opbouwende of afbrekende kritiek.
Tegengestelde betekenis: vervolging op grond van je overtuiging; gewelddadige manipulatie; offers brengen; angsten; onderdrukking; verval van zeden; obstakels in het onderbewuste.

1. Een prioriteit; aan het avontuur beginnen; de aanwijzing volgen; gebruik maken van het moment; het initiatief nemen; je concurrerend opstellen; prioriteiten vaststellen; vooruitgang; geluk.
2. Alleen of in afzondering werken; een uitstapje; wandelen; een trektocht maken; duidelijk aangeven wie de eigenaar is; verschil van mening over grenzen en eigendommen. Omgaan met actieve mensen. Familielanderijen.
3. De dagelijkse taken en verplichtingen; sloom zijn; verdwalen; discussie; aandacht voor details; mechanische reparaties; aandacht voor problemen met de auto.
4. Het uitzetten van routes; met vallen en opstaan; keuzes doen; herhaling; offers brengen; oorlog; gewelddadige manipulatie; verwondingen en snijwonden.
5. Voor het voetlicht; zich voorbereiden op een presentatie; militair vertoon; helden; spelletjes leren tot in details; schaken; pronken met je fysieke bekwaamheid; sperma; timmermanswerk; snijwonden.
6. Nauwgezetheid en details; drukke bezigheden; hard werken;

keuzes doen; opbouwende kritiek.
Tegengestelde betekenis: afbrekende kritiek; beperkingen in het denken; veronachtzaming van huiselijke plichten.
7. Het vaststellen van prioriteiten; je houding herzien als gevolg van een psychische projectie of een natuurlijke therapie.
Tegengestelde betekenis: een blokkade in het onderbewuste; vervolging op grond van je overtuigingen; dwangmatig besluiten nemen.
8. Opbouwende of afbrekende kritiek; een verbale aanval; gewelddadige manipulatie; vervolging op grond van je overtuigingen; een strategie opstellen; spioneren en informatie verzamelen; psychologische oorlogvoering; paranormale botsingen; sperma.
9. De laatste dag aan het eind van een cyclus; verlies; iemand verliezen; je grenzen verleggen; vermoeiende bezigheden; uitoefening van druk om te besluiten of te kiezen; somber; eenzaamheid; onderdrukking; angst.
10. Succes; prestaties; geslaagd bewijs; hiërarchie; koning; koningin; pionier; opbouwend werk; oorlogsheld.
11. Het opstellen van lijsten; chirurgie; onderdrukking; onderbewuste obstakels; angsten; verval van zeden.
12. Verborgen vijanden; vervolging op grond van je overtuigingen; de noodzaak een krachtige inspanning te plegen om hindernissen te overwinnen; offers brengen; stappen ondernemen om een oude compagnon op te zoeken; gewelddadige manipulatie.
13. Verval van zeden; pensionering; terugtrekking; verlies.

19 Regen
Quiahuitl

Astrologische overeenkomsten: Maan (Kreeft), Neptunus (Vissen), Pluto (Schorpioen).
Lichaamsdelen: voorhoofd en linker oog.
Windstreek: west.
Divinatorische betekenis: emotie; gevoeligheid; vatbaar voor indrukken; liefde, geboorte; moederschap; koestering van de menselijke emotionaliteit en natuur; behoud van de natuur en natuurlijke hulpbronnen; het reinigen van de chakra's; sleutels tot alle werelden: de astrale niveaus, het Aarde-niveau, geestenwereld en andere planeten; telepathie; osmose; penetratie; kunstenaars; musici; zangers.

1. Liefde; zoeken naar emotionele warmte bij anderen; vruchtbaarheid; geboorte; indrukken waarmee we worden opgevoed; naar een nieuw huis verhuizen.
2. Moederschap; baby's; eenheid binnen het gezin; zorg voor het eigen thuis; planten verzorgen en gewassen kweken; een avondmaaltijd bereiden; boodschappen doen; liefde; emoties; romantiek; telepathie.
3. Osmose; penetratie; vatbaarheid voor indrukken; het oppakken van indrukken uit de omgeving; een warm, begrijpend mens; tranen van geluk; moederschap; voedsel; het koken van voedsel; zelfbehoud.
4. Instandhouding van natuurlijke hulpbronnen; hulpbronnen aanboren; antiquiteiten; moederschap; het huis schoonmaken; een handje helpen.
   Tegengestelde betekenis: emotieloosheid; starheid; emotionele verlamming; ziekte; pijn.
5. Feestjes; vrienden die je op een bijzondere manier behandelen; kunstenaars; zangers; musici; romantiek; vruchtbaarheid; conceptie.
6. Instandhouding van de natuur en natuurlijke hulpbronnen; leren hoe je een huishouden draaiende houdt; de dagelijkse bezigheden; zorg voor de juiste ingrediënten; reiniging; loutering; herstel; verspilling; schoonmaakbeurt; huisdieren als kin-

deren behandelen.
7. Sleutels tot alle werelden: de niveaus van het astrale en van de aarde, de geestenwereld, andere planeten; telepathie; het reinigen van de chakra's; vrede.
   Tegengestelde betekenis: emotionele verwarring.
8. Kennismaking met metafysica en liefde; het vinden van de betekenis van liefde; astrale niveaus en andere werelden; vrouwelijke voortplanting; vruchtbaarheid; je instellen op vruchtbaarheidsproblemen en vrouwenziekten; adopties; emotionele stabiliteit; erkenning van iemands tegenwoordigheid.
9. Jezelf in de watten leggen; van gedachten veranderen; genezing; verre verwanten; gunsten.
   Tegengestelde betekenis: verlies; een emotionele schok; loslaten; teleurstelling.
10. Prestatie; voltooiing; kunstenaars; zangers; musici; populaire artiesten; verzorgende beroepen zoals serveerster, kok, barmeisje, secretaresse, psycholoog.
11. Kleine problemen in de huiselijke kring; verlies en verwarring; ingewikkelde emotionele situaties; de behoefte aan bescherming; opgroeien zonder moeder; de verantwoordelijkheden van de moeder op zich nemen; stiefmoeder; adoptiefmoeder.
12. Leren hoe je een project moet afronden; dingen delen met mensen die anders zijn; de hulpbronnen van de aarde; sleutels tot alle werelden; het vrouw zijn; hoe je vrouwelijk moet zijn; culturele verschillen, zowel binnen de familie als erfelijk bepaald.
13. Het ophalen van de geschiedenis; kennis over het verleden.
    Tegengestelde betekenis: emotioneel falen; onvruchtbaarheid; gebouwen in een staat van verval.

20 Bloem
Xochitl

Astrologische overeenkomsten: Venus (Weegschaal), Zon (Leeuw), Maan (Kreeft).
Lichaamsdelen: borst en borstkas.
Windstreek: zuid.
Divinatorische betekenis: relaties; lichamelijke eenwording: de versmelting van energieën door liefde; een hartstocht voor creativiteit zoals die van een kunstenaar, een schilder of een tekstschrijver; kunstwerk; werken in een team; wereldvrede; mensen die inzamelingen houden; liefde voor de medemens; sociaal leven.

1. Een nieuwe liefde; iemand voor het eerst ontmoeten; het zoeken naar liefde; een huwelijksaanzoek; het begin van een nieuwe relatie; een liefdesopdracht.
2. Sentimentaliteit; geluk; het hart; diepe gevoelens in een relatie; betrokken zijn bij de liefde; huwelijk; emotionele zekerheid; gezin.
3. Vriendschappelijke discussie; creatief schrijven; gevoelens tot uitdrukking brengen; goddelijke liefde; openheid voor liefde en relaties; huwelijk; ruzie tussen twee geliefden.
4. Geld geven aan iemand van wie je houdt; gezamenlijke aankopen; huwelijksplannen; met een partner samenwerken; een crisis in de relatie; vechten voor degene van wie je houdt; vechten om degene van wie je houdt vast te houden.
5. Ervoor kiezen datgene te doen dat je werkelijk leuk vindt; hofmakerij; een liefdevolle lichamelijke eenwording; voortplanting; kalverliefde; liefdesaffaires; verlangen naar liefde; een liefdesgeschiedenis; dansen; kunstvormen die op liefde zijn gebaseerd; kunstwerken.
6. Plannen maken voor gemeenschappelijke activiteiten; aanvaarding van verantwoordelijkheden binnen een relatie.
7. Raad vragen over relaties; huwelijkstherapie; overtuigingen die je sociale leven beïnvloeden; creatief vrijen; platonische liefde; spirituele liefde; krijger en dienaar van de goden.

8. Kracht in de liefde; zwangerschap; groepsprocessen; healinggroepen.
9. Filosofie van liefde; relaties met mensen die zich ver weg bevinden; meer te weten komen over liefde; raad vragen over liefde; ethische kwesties met betrekking tot liefde.
10. Maatschappelijke tradities; huwelijksceremonie; bezitterigheid; machtsspelletjes.
11. Strijd; transformatie van de liefde; groepen die individualiteit toelaten; wachten totdat een geliefd iemand terugkeert; literatuur die een illustratie is van liefde.
12. Het bevorderen van rust en liefde binnen de familie; door samenwerking moeilijkheden overwinnen; meningsverschillen; huwelijken tussen mensen van verschillend ras; huwelijken tussen mensen met een verschillende kerkelijke achtergrond.
13. Het afsluiten van een hoofdstuk binnen een relatie; platonische liefde.

De plattegrond van Tenochtitlán; ontleend aan de Codex Florentina.

Hoofdstuk 5
Leggen en Lezen van de Kaarten

Van oudsher hebben mensen uit alle culturen divinatie gebruikt als een bron van kennis. Net als het tarot, de runen en de I Tjing kan de Azteekse Tonalamatl door individuele mensen worden gebruikt om inzicht te krijgen in de aard van de tendenzen en gebeurtenissen van hun leven. In vroeger tijden deden Azteekse mensen een beroep op hun priesters om zich dergelijke inzichten te verwerven. Tegenwoordig heeft men dergelijke gezaghebbende vertolkers die op de divinatie toezicht moeten houden niet meer nodig - de vraagsteller is zelf het orakel geworden. Wij hopen dat deze reconstructie van de Tonalamatl niet alleen een nuttig werktuig wordt voor diegenen die in zelfkennis en spirituele groei zijn geïnteresseerd, maar ook een bron van praktische kennis.

In de praktijk kunt u de Tonalamatl alleen gebruiken of samen met iemand anders. Wanneer hij door twee mensen wordt gebruikt is de één de lezer of tolk, de ander is de ondervrager - degene die de vragen stelt. Net als andere divinatorische stelsels is de Tonalamatl eenvoudig een creatieve benadering van het oplossen van problemen. De symbolen van de twintig tekens en de dertien getallen zullen, wanneer ze goed worden gelezen, in symbolische vorm een groot aantal dingen openbaren, onder andere de aard van de huidige, onbewuste motieven en een mogelijke toekomst. Tijdens het schudden van de kaarten en het willekeurig selecteren van de genummerde houten schijven neemt uw onbewuste of hogere zelf het over van de rationele geest en geeft u, in symbolische vorm, een beeld van de omstandigheden van uw leven van dit moment.

In dit hoofdstuk worden verschillende technieken en combinaties van kaarten besproken, zodat de lezer uit verschillende benaderingen van de Tonalamatl-divinatie kan kiezen.

Ongeacht of u de kaarten leest ten behoeve van uzelf of voor iemand anders, u doet er goed aan vooraf even stil te mediteren om de geest tot rust te brengen. Er zijn allerlei manieren om te mediteren; hier volgen enkele suggesties. Draag gemakkelijke kleding en ga op uw favoriete plekje in een gemakkelijke stoel zitten. Ontspan u en bevrijd de geest van gedachten. Probeer ook eens naar kalmerende muziek te luisteren. Een duidelijke en zinvolle lezing is alleen mogelijk wanneer de geest ontspannen en open is.

Stel uzelf, wanneer u een van de legsystemen wilt toepassen, een vraag (in stilte of hardop) terwijl u de kaarten schudt. Wanneer u het gevoel krijgt dat u ze voldoende hebt geschud coupeert u de kaarten en legt ze neer volgens het legsysteem dat u voor de divinatie gekozen hebt. Vervolgens pakt u een willekeurige houten schijf uit het zakje. U kunt terwijl u bezig bent voor elke kaart afzonderlijk een schijf kiezen, u kunt ook voordat u met het lezen van de kaarten begint een schijf voor elke kaart kiezen. Vergeet niet de schijf terug te doen in het zakje voordat u de volgende kiest, waardoor het mogelijk wordt dat u één getal verschillende malen trekt. Wanneer u bijvoorbeeld in een lezing van vijf kaarten driemaal een 1 trekt heeft dat grote betekenis: het wijst op een nieuw begin. Wanneer de 13 overheerst zou dat kunnen betekenen dat iets zijn voltooiing nadert, tot een einde komt, afgerond wordt.

Een goede methode om u een actieve beheersing van de twintig symbolen, de dertien getallen en de trefwoorden van de Tonalamatl eigen te maken is de toepassing van de "lezing van de dag" die hieronder wordt toegelicht. Houd een dagboek of een verslag bij van de kaart en het getal van elke dag en geef in het kort aan wat er op die dag is voorgevallen. Na verloop van tijd zal een diep inzicht in de symbolen zich in uw onderbewuste vastzetten, zodat u tenslotte tot betere lezingen zult komen, zowel voor uzelf als voor anderen. De concrete samenhang tussen de symbolen en de gebeurtenissen kan ook bijdragen tot het onder woorden brengen van de interpretatie.

Afgezien van het feit dat een lezer alleen aan anderen kan uitleggen wat hij of zij al persoonlijk heeft ervaren is vaardigheid in het verwoorden en interpreteren bijzonder belangrijk. Alleen de synthese van de kaarten en de getallen maakt een nauwkeurige en zinvolle interpretatie mogelijk. De beste bron waaruit een lezer kan putten is een niet vooringenomen geest, zodat de intuïtieve innerlijke stem zich kan laten horen. De lezing of het verhaal ontvouwt zich terwijl de lezer zijn blik over de symbolen laat glijden en ze gebruikt om zich een beeld te vormen van het verleden, het heden en de toekomst.

Wie over voldoende vaardigheid beschikt kan tot vrij duidelijke voorspellingen komen, ook ten aanzien van het tijdstip waarop bepaalde gebeurtenissen zich zullen voordoen. Die informatie kan worden verkregen door een creatieve interpretatie van de getallen op de houten schijven en de aard van bepaalde kaarten. Wanneer een bepaald getal regelmatig terugkeert kan dat een aanwijzing zijn voor het aantal dagen of maanden waarna een gebeurtenis zal plaatsvinden. Voor deze vorm van interpretatie zijn geen regels te geven - de juiste weg wordt gewezen door een combinatie van ervaring en gevoel. Aanvullende informatie ten aanzien van het tijdstip, in dit geval het jaargetijde waarin een gebeurtenis zou kunnen plaatsvinden, kan worden afgeleid uit het voorkomen van één of meer jaardragers. De vier jaardragers zijn Riet - voorjaar, Konijn - zomer, Huis - herfst, en Mes - winter.

Aan het eind van het hoofdstuk zijn instructies opgenomen voor een traditionele divinatie-methode van de Maya's, waarbij gebruik wordt gemaakt van bonen en kristallen. Misschien zult u met deze methode willen experimenteren om de oorspronkelijke Indiaanse toepassing van de Tonalpouhalli dichter te benaderen. Zoals dat ook het geval is met het tarot, de runen en de I Tjing kan men de symbolen op allerlei manieren gebruiken. Wij staan achter het onderzoeken van deze nog maar kort geleden herontdekte symbolen van de tweehonderdzestigdaagse sacrale kalender en verwelkomen elke respons.

Divinatie-techniek I
Lezing van de dag

Beschrijving: u kunt de aard van de gebeurtenissen die u op een bepaalde dag waarschijnlijk zult meemaken voorspellen door gebruik te maken van de symbolen op de kaarten en de houten schijven. Deze techniek kan van praktisch nut zijn bij het plannen van bepaalde activiteiten. Op de dagen waarop u Mes, Bloem en Adelaar trekt zou u bijvoorbeeld aan een nieuw project kunnen beginnen. Riet, Ocelot en Wind zouden geschikte dagen kunnen zijn voor afzonderen en inkeer. En de liefde kan worden verkend op Hert-, Aap- en Bloemdagen.

Hoe vaker een dagteken in een bepaalde periode wordt getrokken, des te meer invloed zal het hebben op uw leven tijdens die periode. In dit geval is mediteren sterk aan te raden om alle mogelijkheden van die periode te verwezenlijken en de lessen te leren die geleerd moeten worden.

Methode: concentreer u op de vraag "Wat is vandaag de aard van mijn dag?" Kies een willekeurige kaart en schijf terwijl u nog over die vraag nadenkt.

Voorbeeld 1

Op 15 januari 1987 trok Anthony de kaart Aardbeving en de schijf met het getal 3. De betekenis van het dagteken Aardbeving is het indelen van uw tijd en het in veiligheid brengen van waardevolle dingen. In de divinatorische Tonalamatl impliceert de combinatie 3 Aardbeving het fungeren als boodschapper, psychische nood en kapotte auto's.

Op die dag ontdekte Anthony wat de betekenis was van het kiezen van het juiste tijdstip en het zoveel mogelijk profiteren van zijn programma - de elementaire betekenis van Aardbeving. Hij nam deel aan een veiling die was bedoeld om geld in te zamelen ten behoeve van de bescherming en de verzorging van dieren. Aan het begin van die dag kreeg een vriend, die van plan was samen met Anthony naar de veiling te rijden, problemen met zijn auto, zodat hij die thuis moest laten staan. Anthony moest dus met zijn eigen auto zijn vriend ophalen. Dat voorval was aanlei-

ding tot de vrees te laat te zullen komen.
Het belangrijkste thema van de rest van de dag was dat hij als boodschapper voor een goed doel fungeerde. Anthony was de hele dag bezig met het verkopen van antiek om aan het geld te komen dat hij voor zijn bijdrage nodig had. Toen hij weer thuis was arriveerden enkele onverwachte (een kenmerk van Aardbeving) bezoekers, hetgeen aanleiding was tot een onverwachte bijeenkomst.

Divinatie-techniek II
Meditatie voor het innerlijke zelf

Beschrijving: denk na over de betekenis van uw groei met betrekking tot een bepaald terrein in uw leven (liefde, gezondheid of carrière).
Methode: denk rustig na over uw vraag. Schud de kaarten en kies er één. Trek vervolgens een houten schijf. Blijf een tijdje over uw vraag nadenken wanneer u slechts één kaart legt. Het kan verhelderend zijn wanneer u de vraag aan uw hogere bewustzijn voorlegt.

Voorbeeld 2
Een kunstenaar die zich inspant om zijn zaak met succes van de grond te krijgen stelt de vraag: "Wat moet ik doen om succes te hebben?" De door hem getrokken schijf en kaart waren 6 Hond.

Hond betekent loyaliteit, de weg wijzen, archeologie en vervulling van wensen. De vraagsteller zou het gevoel kunnen krijgen dat een belangrijke taak met een archeologisch karakter, de leiding nemen tijdens een reis en loyaliteit op dit moment belangrijke punten zijn. De kunstenaar besefte goed dat dit het moment was om de vervulling van zijn wensen te verwezen-lijken.

De combinatie 6 Hond betekent archeologische vondsten, overzichten, een indringend inzicht, een scherp denkvermogen en het halen van een vliegtuig. Misschien zal de kunstenaar zijn verleden opgraven of zelfs een schilderij maken van archeologische vondsten. Zowel een indringend inzicht als een scherp denkvermogen zouden noodzakelijk zijn om kans op meer werk te krijgen. Reizen per vliegtuig, dat hem in staat stelt zijn contacten uit te breiden, zou op dit moment ook bijzonder passend kunnen zijn.

Divinatie-techniek III
Het leggen van de kaart volgens de vier windstreken

Beschrijving: dit legsysteem is bepalend voor invloeden van verleden, heden en toekomst. Het is gebaseerd op het diagram van de kosmos, dat te vinden is op het titelblad van de Codex Fejervary-Mayer, een bewaard gebleven manuscript in de vorm van een tekening, uit de periode vóór de onderwerping (zie pag. 30). De twintig dagtekens vormen een patroon rondom het diagram en lopen vanuit het oosten tegen de klok in. De vier armen van het kruis en het midden symboliseren de vijf windstreken of onderverdelingen van de wereld. Het oosten bevindt zich bovenaan, het westen onderaan, het noorden aan de linker kant en het zuiden aan de rechter kant. Het oosten wordt boven de opkomende zon afgebeeld. De vier jaardragers nemen een duidelijk zichtbare plaats in op de vier hoeken van de tekening. Volgens Durán vertegenwoordigen de vier jaardragers de vier windstreken: Riet het oosten, Huis het westen, Mes het noorden en Konijn het zuiden. In het middelpunt bevindt zich Xiuhtecuhtli, de heer van het centrale vuur.

Wanneer een jaardrager op zijn natuurlijke of krachtigste plaats terechtkomt (zijn windstreek) heeft dat grote waarde. De betekenis ervan wint aan kracht en de kansen dat er iets zal gebeuren nemen toe. Riet in het oosten leidt tot een inwijding, Huis in het westen benadrukt belangrijke persoonlijke relaties, Mes in het noorden wijst op problemen die agressief aangepakt moeten worden en Konijn in het zuiden wordt in verband gebracht met de voordelen van veelvuldigheid. De numerologische betekenis van de Tonalamatl geven nog aanvullende details met betrekking tot de gestelde vragen.

Methode: leg om te beginnen de vijf willekeurig getrokken en goed geschudde kaarten in onderstaande volgorde neer. Trek vervolgens voor elke positie een houten schijf.

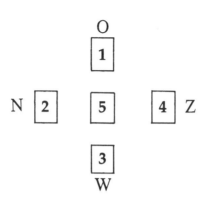

Positie 1: dit is de positie van het oosten, een afspiegeling van gebeurtenissen die ophanden zijn - die in wording zijn.

Positie 2: dit is de positie van het noorden, een afspiegeling van het mysterie, dat achter de gestelde vraag schuilgaat, en van de moeilijkheden en hindernissen waarop men onderweg zal stuiten.

Positie 3: dit is de positie van het westen, een afspiegeling van dat wat zich bestendigt. Het zijn omstandigheden die zich nog maar kort geleden hebben voorgedaan.

Positie 4: dit is de positie van het zuiden, een afspiegeling van mogelijke kansen en voordelen.

Positie 5: dit is het midden, dat staat voor het resultaat. Het resultaat is de som van de psychologische toestand van de vraagsteller zoals die uit de vier windstreken naar voren komt.

Bekijk de kaarten, let op patronen en vorm in gedachten een verhaal of een thema. Begin bij positie 1 en lees de kaarten in de juiste volgorde. Leg verbanden tussen de kernspreuken en laat uw intuïtie aangeven wat gezegd moet worden.

Voorbeeld 3
Maria, een vrouw van vijfendertig jaar die last heeft van verschillende allergieën, informeert naar haar gezondheid: "Hoe zal het in het komende jaar met mijn gezondheid gaan?"

7 Aardbeving

6 Regen   9 Riet   3 Dood

5 Ocelot

OOST: 7 Aardbeving

Volgens dit divinatorisch stelsel wijst Aardbeving onder andere op het besef van de tijd, wachten op nieuws en vermoeidheid. Tijd zal een belangrijke rol spelen om vast te stellen wanneer Maria de volledige uitslag van de onderzoeken van haar arts zal horen. Maria wacht op een bericht met betrekking tot haar allergische aandoening.

Het getal 7 Aardbeving betekent het ontvangen van een openbaring en de juiste weg bewandelen; de tegengestelde betekenis is het aanbrengen van verbeteringen. Maria mediteert om te ontspannen en erachter te komen van welke ervaringen ze moet leren. Ze hoopt dat ze door kalme meditatie, een persoon of een droom een manier zal kunnen ontdekken om haar aandoening te genezen. Vervolgens zal ze verbeteringen kunnen aanbrengen om voor haar overgevoeligheid een oplossing te vinden.

NOORD: 6 Regen

De Regenkaart verwijst naar moederschap en koesteren. Na een gesprek met een voedingsdeskundige begreep Maria dat ze haar eetgewoonten moest veranderen.

De combinatie 6 Regen betekent emoties, instand-houding van natuurlijke hulpbronnen en loutering. Op dit moment begint ze de noodzaak om zichzelf te koesteren te aanvaarden. De diepte van de emoties die aan haar handelwijzen ten grondslag liggen leek haar lichaam te beheersen. Ze zéi dat ze meer natuurlijk voedsel begon te gebruiken. Maria dacht ook dat een louteringsproces goed zou zijn voor het reinigen van haar lichaam. Volgens Maria was dit ook het begin van het loslaten van negatieve denkpatronen, die haar hadden verhinderd positieve relaties aan te knopen.

WEST: 5 Ocelot

Het dagteken Ocelot betekent boodschapper, bewustzijn en het vermogen zich zowel lichamelijk als geestelijk te ontspannen. Maria had in wezen een goede gezondheid; maar het besef dat ze zichzelf kon verbeteren gaf in haar geval de aanzet tot de wens beter voor haar lichaam te zorgen.

De betekenis van 5 Ocelot is een positieve instelling, optimisme, de bescherming van de eigen voorstellingswereld en in afzondering vervaardigde kunstvoorwerpen. In een recent verleden had ze haar weinig samenhangende gedachten en haar nervositeit ten aanzien van haar talenten en haar persoonlijke relaties onder ogen gezien. Maria was positief gaan denken en voelde behoefte aan een nieuwe benadering tot het in stand houden van een goede gezondheid en het ontplooien van haar talenten. Ze besloot weer te gaan beeldhouwen, iets waarvan ze zich al jaren eerder voorstellingen had gemaakt. Het was duidelijk dat ze relaties die haar verhinderden zichzelf te zijn los moest laten.

ZUID: 3 Dood

Het dagteken Dood betekent aanvaarding van veranderingen, catharsis en een overgang van één wereld naar een andere, zoals pensionering of uit huis gaan. Het voordeel is dat Maria, door veranderingen te aanvaarden, kans heeft op een nieuwe manier van leven. Maria nam zich voor alleen te gaan wonen in een ander huis.

De betekenis van 3 Dood is catharsis, psychologie en restauratie. Kort tevoren was Maria begonnen met een therapie bij een psychoanalyticus, om haar zelfvertrouwen terug te krijgen. Dat zou bijzonder gunstig voor haar gezondheid kunnen zijn. Haar bereidheid tot verandering is op dit moment haar sterkste wapen.

In het verleden liet ze anderen altijd zeggen wat ze moest doen. Nu kiest ze ervoor haar passiviteit te overwinnen en zelf de verantwoordelijkheid voor haar manier van doen te dragen. Volgens de lezer moest Maria haar manier van leven veranderen en zelfstandig in een nieuwe omgeving gaan wonen, zoals ze zich had voorgenomen. Hij ziet dat een cyclus is afgesloten.

MIDDEN: 9 Riet

Het dagteken Riet betekent opleiding, kennis en een gezaghebbende figuur. Het resultaat is dat Maria waarschijnlijk een uitstekende gezondheid zal houden en met haar allergieën zal kunnen afrekenen. Ze kan dat bereiken door advies te vragen aan gezaghebbende personen zoals artsen, therapeuten en voedingsdeskundigen en door cursussen te volgen en boeken te lezen over het onderwerp "gezondheid".

Het getal 9 Riet betekent kennis, inwijding tot een hoger bewustzijnsniveau, religieuze en filosofische leraren en het streven naar goedkeuring. Door meer om te gaan met in hun leven geslaagde mensen met een uiteenlopende religieuze en filosofische achtergrond zal Maria meer inzicht kunnen krijgen in wat ze de wereld te bieden heeft. Door in contact te blijven met haar innerlijke stem zal het haar gemakkelijker vallen de juiste keuzes te doen.

Om een nieuw niveau van bewustzijn te kunnen bereiken is het noodzakelijk het verleden los te laten.
Maria zal erachter komen dat goedkeuring van zichzelf begint met kennis van het zelf. Het bewaken van je gezondheid is een niet aflatende scholing.

Divinatie-techniek IV
Zoals daar boven, zo ook hier beneden

Beschrijving: dit legsysteem werd ontworpen om inzicht te geven in de spirituele lessen en het karma van de betrokkene.

Methode: Concentreer u tijdens het schudden op de vraag: "Wat is de spirituele les die ik moet leren over (noem hier de naam of de situatie in kwestie)?" Leg vervolgens de vijf kaarten voor u neer en trek voor elke positie een schijf. De schijven moeten in volgorde getrokken worden. Doe na een trekking de schijf weer terug in het zakje en trek er een voor de volgende kaart.

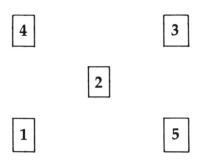

Positie 1: het onderbewuste; deze positie beschrijft de verborgen gevoelens die op de kwestie betrekking hebben; het onderbewuste houdt de kroniek van het verleden van de betrokkene bij.

Positie 2: de bewuste geest in verband met de gestelde vraag; dit is wat er zich op dit moment afspeelt.

Positie 3: de toestand van het hogere bewustzijn; het hogere zelf van de betrokkene weet dat het deze dingen moet leren.

Positie : de nabije toekomst (de eerstkomende drie maanden). Op deze manier oefent de bewuste geest invloed uit op de toekomst.

Positie 5: het resultaat; wanneer alle niveaus van de geest worden beschouwd is dit de manier waarop de betrokkene zijn/haar spirituele groei zal bevorderen of belemmeren.

Combineer de betekenissen van de Tonalamatl met elkaar om de lezing te kunnen interpreteren. Stel vast hoe u zich ten aanzien van de verschillende posities voelt en ga op die posities nader in waarvan u de indruk krijgt dat ze het belangrijkst zijn.

Voorbeeld 4
Paula en haar partner Pat hebben een cadeauwinkel. Paula vraagt: "Zal ik met mijn cadeauwinkel in het komende jaar succes hebben?"

7 Hert   13 Adelaar

3 Dood

7 Konijn   12 Regen

Positie 1: 7 Konijn (het onbewuste)
Het dagteken Konijn betekent marchanderen, discussiëren, onderhandelingen en rijkdom. 7 Konijn houdt verband met reiniging, offer en oogst. Door medeëigenaar te zijn van een cadeauwinkel heeft Paula langs onderbewuste weg een onderlinge afhankelijkheid en deelgenootschap tussen zichzelf en anderen tot stand gebracht. Paula heeft relaties naar zich toe getrokken waarin ze moet leren te marchanderen om bepaalde diensten en te onderhandelen om de dingen die ze nodig heeft. Omdat ze vervoer naar de plaats waar ze werkt nodig had moest ze hulp inroepen. Ze merkte dat ze zonder enige moeite een tegenprestatie kon leveren omdat haar familie en haar vrienden haar even hard nodig hadden als zij hen. Een andere manier om onderbewust deel te gaan uitmaken van een groep is gul te zijn, bijvoorbeeld door geld uit te lenen - iets wat ze voor één familielid en voor één vriend had gedaan. Door onbewust een netwerk van verplichtingen te scheppen vond ze een plaats in de samenleving.

Positie 2: 3 Dood (het bewuste)
Het dagteken Dood betekent aanvaarding van veranderingen, het doen van een essentiële keuze en de vernietiging van bezittingen. De combinatie 3 Dood wordt in verband gebracht met psychologie, loutering, hergebruik en restauratie. Paula heeft in haar zakelijk bestaan een punt bereikt waarop ze haar ideeën ten aanzien van haar doelgroep bewust moet bijstellen. 3 Dood staat voor de noodzaak na te denken over het doel van haar zaak en haar opvattingen over het produkt dat ze verkoopt.

Positie 3: 13 Adelaar
Het dagteken Adelaar betekent leiderschap, management en de financiële zekerheid van de familie. De combinatie 13 Adelaar verwijst naar het doorgeven van kennis, de laatste schooldag en het in gebreke blijven als leider. Adelaar suggereert dat het karma van Paula zich concentreert op leiderschap en managementskwesties; het getal 13 wijst erop dat haar leiderschap een crisis doormaakt. Wanneer Paula en haar partner zouden besluiten zich in nieuwe management-technieken te scholen en op hun vakgebied de leiders te worden zouden ze veel kunnen bereiken.

Positie 4: 7 Hert (nabije toekomst)
Het dagteken Hert wijst op het vergaren van voedsel, geschenken, maatschappelijke positie en spontaniteit. De combinatie 7 Hert betekent geestelijk voedsel en de betekenis van festiviteiten leren kennen door de gebruiken te observeren. Dit lijkt te wijzen op de mogelijkheid van spontane samenkomsten in hun cadeauwinkel, zoals workshops of demonstratie van bepaalde artikelen. Door dergelijke bijeenkomsten zou het maatschappelijk aanzien van de cadeauwinkel kunnen stijgen en daarmee natuurlijk Paula's maatschappelijke positie binnen de gemeenschap. Ook zal de vakantietijd voor haar zaak waarschijnlijk winstgevend blijken te zijn.

Positie 5: 12 Regen (resultaat)
Het dagteken Regen betekent emoties, gevoeligheid, moederschap, koesteren en kunstenaars. De combinatie 12 Regen houdt in dat men moet leren projecten af te ronden, dingen te delen met mensen die anders zijn, hulpbronnen van de aarde, hoe vrouwe-

lijk te zijn en culturele verschillen, zowel binnen de familie als erfelijk bepaald. Deze symbolen geven aan dat produkten die te maken hebben met emoties, gevoeligheid en koestering goed verkocht zullen worden en het aanzien van de winkel zullen verhogen. 12 Regen zou ook kunnen betekenen dat ze zich meer moeten concentreren op vrouwen als doelgroep door kookboeken, boeken over exclusief voedsel en keukenapparatuur te gaan verkopen. De financiële situatie zal vermoedelijk binnen drie maanden verbeteren, daar Regen wijst op overvloed en voedsel (dit tijdsschema was gebaseerd op het bij elkaar optellen van de twee cijfers van het getal 12: 1 + 2 = 3). Paula zou erin slagen de verantwoordelijkheid van het delen te leren en inzicht te krijgen in verschillende kunstvormen.

Divinatie-techniek V
Het leggen van de kaart in een piramide

Beschrijving: de oude Azteekse voorouders bouwden en beschouwden piramiden als mystieke symbolen, de huizen van de goden. Net als in de concrete vorm van de piramide, die een fundament heeft waarop lagen steen zijn opgestapeld, symboliseert het piramidegewijs leggen van de kaarten dat een bepaalde reeks gebeurtenissen tot een volgende zal leiden. Gebruik dit legsysteem voor een algemene lezing of ter beantwoording van specifieke vragen. Laat uw creativiteit stromen wanneer u dit krachtige symbool gebruikt.

Methode: concentreer u tijdens het schudden op de door u gekozen vraag, leg de kaarten voor u neer en trek voor elke positie een houten schijf. Lees de kaarten van links naar rechts en begin met nummer één. Combineer de betekenissen van elke rij, zodat u de lezing tot één geheel samenvoegt. Vergeet niet dat u een verhaal tot stand brengt.

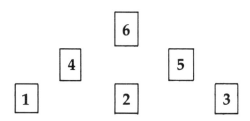

Positie 1, 2 en 3: deze posities hebben te maken met het zeer recente verleden en de huidige stand van zaken met betrekking tot de gestelde vraag.
Positie 4 en 5: dit zijn de gebeurtenissen die uit de huidige omstandigheden zullen voortvloeien.
Positie 6: het uiteindelijke resultaat.

Voorbeeld 5

Louis gaat trouwen en wil, zoals de meeste mensen, weten welke toekomst hij in zijn huwelijk tegemoet gaat. "Hoe zal mijn huwelijk zijn?"

1 Wind

3 Kaaiman   **6 Bloem**

7 Slang   **10 Adelaar**   **2 Dood**

Positie 1, 2 en 3: recent verleden en heden.

Het dagteken Slang betekent een krachtbron van energie, het creëren van positieve en negatieve gedachtengolven en seksuele energie. Volgens deze interpretatie hebben Louis en zijn partner een intense en bijzonder emotionele relatie. Hun relatie is hartstochtelijk en ze zouden hun doel kunnen bereiken door hun energie te verenigen.

Het getal 7 Slang verwijst naar de volmaaktheid van geest, lichaam en ziel. Op dit moment staan Louis en zijn partner elkaar niet alleen geestelijk zeer na, maar hebben ze ook dezelfde intellectuele belangstelling. Hun relatie draagt bij tot hun individuele groei en harmonie. Hun volmaaktheid ligt in hun vermogen elkaar te begrijpen.

Het dagteken Adelaar betekent management, hoofd van de huishouding en de financiële zekerheid van de familie. Louis en zijn partner werken samen aan het opbouwen van hun financiële zekerheid, ook al is het Louis die de uitgaven beheert.

De combinatie 10 Adelaar betekent hoofd van de huishouding en het volgen van aanwijzingen, regels en voorschriften. Dit wijst erop dat Louis en zijn partner voor de serieuze vraag zullen komen te staan wie van hen beiden op de verschillende terreinen van hun huwelijk de beslissingen zal moeten nemen.

Het dagteken Dood betekent het doen van een essentiële keuze en de overgang van één wereld naar een andere. Het paar is zich bewust van de omvang van hun nieuwe reis - het huwelijk - en het wegvallen van hun oude manier van leven.

De combinatie 2 Dood betekent instandhouding van het vertrouwen. Hun relatie is gebaseerd op het vertrouwen dat ze door hun liefde voor elkaar bij elkaar horen. Een diepgaande discussie hierover zou tot spanningen kunnen leiden, omdat zowel Louis als zijn partner elkaar zouden vragen naar hun verwachtingen ten aanzien van de relatie. Hun vertrouwen houdt hen bijeen.

Positie 4 en 5: ontwikkeling.

Het dagteken Kaaiman betekent lichamelijke bescherming en het afwachten van het juiste moment. Deze beschrijving wijst op het verlangen naar een eigen huis en de periode van wachten en plannen maken.

De combinatie 3 Kaaiman betekent emotionele communicatie, erkenning van gevoelens, reparaties in het huis, huishoudelijke behoeften en woonomgeving. Zowel Louis als zijn partner hebben het vermogen tot een sterke, emotionele communicatie, waarbij ze de behoeften van elkaar en van de mensen uit hun omgeving onderkennen. Door loyaal te blijven en vol te houden zullen ze hun huwelijk in stand kunnen houden terwijl ze verschillende manieren van leven verkennen, door de cultuur van de ander te integreren. Het organiseren en plannen van hun huiselijk leven is voor hen waarschijnlijk belangrijk. Omdat de communicatie intensief is zal hun huwelijk bindend zijn, daar Louis uitziet naar een langdurige relatie.

Het dagteken Bloem betekent liefde, relatie en lichamelijke eenwording. Zowel Louis als zijn partner zullen erachter komen wat het inhoudt hun innerlijke zelf volledig te delen en tegelijkertijd hun identiteit te behouden.

De combinatie 6 Bloem betekent het plannen van gemeenschappelijke activiteiten en het aanvaarden van verantwoordelijkheden binnen een relatie. Louis en zijn huwelijkspartner zullen elkaar een les in verantwoordelijkheid kunnen geven. Ze zullen deelnemen aan gemeenschapsactiviteiten en een relatie opbouwen met hun buren, maar ook tijd besteden aan dingen die ze samen doen. Om met hun gemeenschappelijke verantwoordelijkheid te kunnen omgaan zullen ze moeten onderhandelen en compromissen moeten sluiten.

Positie 6: resultaat.

Het dagteken Wind betekent communicatie, roeping en bestemming in het leven en vertrouwen in zichzelf en in andere mensen. Louis en zijn partner zullen elkaar geestelijk uitdagen, meer inzicht krijgen in hun bestemming in het leven en tot elkaar komen. De grondslag van de relatie wordt gevormd door het vertrouwen tussen de partners.

De combinatie 1 Wind wijst op communicatie, passieve en actieve beheersing van twee of meer talen, intellectuele ambities en het opgroeien van een nieuwe generatie. In hun huishouden zullen ze twee of meer talen gemeen hebben. Een voortdurende communicatie betekent dat hun relatie groeit. Ze moeten ervoor oppassen dat ze elkaars doen en laten niet al te zeer analyseren. Ze zouden graag samen kinderen krijgen en moedigen onafhankelijk denken en individuele talenten aan.

Het resultaat van deze lezing is dat een op communicatie gebaseerde relatie noodzakelijk is wil dit huwelijk een succes zijn. De belangrijkste factor is de liefde tussen Louis en zijn partner.

Wanneer ze dit in gedachten houden worden ze (zoals de schijf al aangaf) één, en zullen ze alle problemen gezamenlijk onder ogen zien.

De divinatie van de Quiche Maya's

Het volgende is een beschrijving van de divinatorische methode die wordt toegepast door de huidige Quiche Maya's, die in het hoogland van Guatemala leven. Daar de tweehonderdzestigdaagse kalender zelf met slechts geringe betekeniswijzigingen is blijven bestaan, mogen we aannemen dat deze methode overeenkomsten vertoont met de methoden die door de oude Maya's werden toegepast en misschien zelfs door de Azteken. Hoewel we niet alle aspecten van de traditionele divinatie zullen bespreken is de hieronder beschreven procedure voor de meeste mensen waarschijnlijk voldoende. Sommigen zullen deze methode misschien willen uitbreiden en hun eigen riten creëren.

Voor deze traditionele divinatorische methode heeft men een zakje zaden (of bonen) en een paar kwartskristallen nodig, en moet men weten welke dag het is in de tweehonderdzestigdaagse kalender. Men kan elke soort zaad of boon gebruiken, maar omdat u een handvol uit het zakje moet nemen en ze sorteren is het beter niet te kleine exemplaren te kiezen, anders bent u de hele avond bezig met tellen. Ons inziens kunt u het best twee handen middelgrote bonen gebruiken, bijvoorbeeld bruine bonen of kievitsbonen. De traditie wil dat een paar kleine kristallen tussen de bonen worden gestopt. De grotere kristallen worden in de divinatie als hulpmiddel gebruikt. Zowel de zaden als de kristallen worden in een kleine buidel bewaard.

Methode:
Leg eerst de grotere kristallen op de tafel voor u neer. Misschien wilt u ze rangschikken in een combinatie of een volgorde die prettig aandoet of vanuit esthetisch oogpunt aangenaam is. Leg het grootste kristal in het midden.

Stel vervolgens de vraag (hetzij in uzelf of door de vraagsteller onder woorden te laten brengen waarom hij een lezing wenst) en steek meteen uw hand in de buidel om er een handvol zaden uit te halen, met inbegrip van de kleine kristallen (als u die hebt). Volgens de Quiche daghouders moet men dit "zonder berekening" doen.

Leg vervolgens de handvol zaden, bonen of kristallen neer en rangschik ze in groepjes van vier. Verdeel deze groepjes in rechte rijen van links naar rechts over de tafel. Het aantal exemplaren in laatste groepje kan vier, drie, twee of één zijn.

Als het laatste groepje drie zaden of slechts één telt, is dat een aanwijzing dat de lezing om uiteenlopende redenen misschien niet volledig juist is. Als het laatste groepje bestaat uit twee of vier zaden kan men met de lezing verder gaan. Vier zaden in de laatste groep is de beste aanwijzing voor een geslaagde divinatie.

Beschouw vervolgens de eerste groep zaden als het heden en tel dan aan de hand van de tweehonderdzestigdaagse kalender verder totdat u de combinatie van dag en getal bereikt die met de laatste groep zaden samenvalt. Als het vandaag bijvoorbeeld 10 Regen is, (nr. 179 in tabel 2, zie p. 190) en er liggen vierentwintig bergjes zaden, dan correspondeert het vierentwintigste bergje met 7 Wind (nr. 202).*) Het antwoord op de gestelde vraag wordt dan gegeven door 7 Wind, die men in de divinatorische Tonalamatl in hoofdstuk 4 kan vinden. Deze procedure kan voor andere vragen worden herhaald. De Quiche daghouders geloven dat het consequent aantreffen van twee of liever nog vier zaden in het laatste bergje de beste aanwijzing is voor een geslaagde en nauwkeurige lezing.

---

*) Regel: ga uit van het getal dat correspondeert met de huidige datum volgens de tweehonderdzestigdaagse kalender (die u kunt berekenen aan de hand van de tabellen uit hoofdstuk 6) en tel dit op bij het totaal aantal groepjes dat op de tafel ligt. Trek van de uitkomst één af en zoek het gevonden getal op in tabel 2. De combinatie van dag en getal die hiermee correspondeert is het antwoord op de vraag.

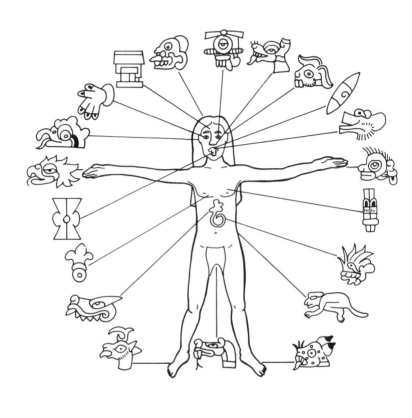

De macrokosmische mens.
Elk lichaamsdeel wordt door een ander dagteken beheerst.

Hoofdstuk 6
Azteekse Astrologie *)

De eerste vorm van astrologie die in Midden-Amerika tot ontwikkeling kwam en door de veel later levende Azteken eveneens werd beoefend was een astrologie die een specifieke betekenis hechtte aan bepaalde opeenvolgingen van dagen. In zekere zin was het een astrologie die eerder symbolisch dan astronomisch was. Maar we zouden ook kunnen zeggen dat het een op de zon gebaseerde astrologie was. De zon schept, in zijn zichtbare cyclus langs de hemel, de meest elementaire tijdseenheid voor al het leven op aarde - de dag. Door aan bepaalde opeenvolgingen van dagen betekenis toe te kennen (of de betekenis ervan te ontdekken) vergoddelijkten de oude bewoners van Midden-Amerika zowel de tijd, de dag als de zon. Het Maya-woord *kin* kan dan ook "dag" "tijd" en "zon" betekenen, afhankelijk van de context.

De dagen-tellende astrologie van het oude Midden-Amerika vertoont overeenkomsten met de astrologie van het oude Mesopotamië. De Azteken en de Maya's trokken geen horoscopen zoals wij die tegenwoordig kennen, maar er waren methoden om te ontdekken of een bepaalde dag (en naar alle waarschijnlijkheid delen van die dag) goed of slecht was. Om de astrologie van de oude bewoners van Midden-Amerika beter te kunnen begrijpen moeten we ons eerst verdiepen in de planetaire week en de planetaire uren die in onze westerse cultuur sinds de oudste tijden tot op de dag van vandaag zijn blijven bestaan.

---

*) Gedeelten uit dit hoofdstuk zijn eerder verschenen in het nummer van november 1984 van het *Bulletin* van de Amerikaanse Federatie van Astrologen onder de titel *The Astrolgy of Ancient Mexico*, door Bruce Scofield.

Planetaire uren zijn misschien ontstaan in Mesopotamië of Egypte; zeker weten we dat niet, maar het gaat als volgt: de hoeveelheid tijd tussen de ochtendschemering en de avondschemering wordt opgedeeld in twaalf gelijke delen.

Deze twaalf "uren" zullen soms wel, soms niet even lang zijn geweest als een modern uur, afhankelijk van het jaargetijde. Datzelfde doet men met de uren van de nacht. Van elk uur wordt gezegd dat het wordt geregeerd door een planeet overeenkomstig de opeenvolging van hun bewegingen in de dierenriem. Men noemt dat de Chaldeeuwse opeenvolging. Saturnus is de traagste en komt het eerst; hij wordt gevolgd door Jupiter, Mars, de Zon, Venus, Mercurius en tenslotte de snel voortbewegende Maan. Deze opeenvolging wordt steeds herhaald. Omdat er zeven planeten zijn (dat wil zeggen, zeven zichtbare planeten) zou er na eenentwintig uur sprake zijn van drie voltooide cycli. Maar elke dag telt vierentwintig planetaire uren, zodat de planeet die het eerste uur van de volgende dag beheerst de vierde planeet is ná de eenentwintigste planeet van deze dag (de vierde planeet na drie volledige cycli). Deze vierde-ná-drie-volledige-cycli geeft zijn naam aan de volgende dag, die met de dageraad begint. Als het de zon is wordt die dag zondag genoemd. De volgende dag begint dan op het maan-uur (de vierde planeet na Mars in de Chaldeeuwse opeenvolging) en wordt daarom maan-dag genoemd. Wij maken in onze kalender nog steeds van dit patroon gebruik, hoewel de meeste mensen, ook astrologen, de oorsprong ervan zijn vergeten. Traditioneel ging men ervan uit dat iemands karakter werd bepaald door zijn geboortedag en misschien geldt dat nog steeds. In de middeleeuwen baseerde men voorspellingen op de dag van de week waarop nieuwjaarsdag of Kerstmis viel en dat wijkt, zoals we zullen zien, niet veel af van de gebruiken van de oude bewoners van Midden-Amerika.

De Azteken beschouwden de jaardragers, de vier benoemde dagen die de eerste dag van het civiele jaar konden vormen, als de heersende godheden van hun jaren. Op deze jaardragers - Riet, Mes, Huis en Konijn - werden de voorspellingen voor het betreffende jaar gebaseerd. Omdat alle benoemde dagen bovendien genummerd waren had elke jaardrager een getal tussen één en dertien. Nadat elke jaardrager dertien maal was geweest was de cyclus voltooid, dat wil zeggen dat er dan tweeënvijftig jaren waren verstreken. Durán beweerde dat van jaren die begonnen met de dag Riet werd gezegd dat het goede, vruchtbare en overvloedige jaren zouden zijn. De jaren die beginnen met Mes en Huis werden als ongunstig beschouwd. Mes was schraal, onvruchtbaar en dor, Huis bracht wolken, mist en regen. De jaren die met de dag Konijn begonnen vertoonden een combinatie van hoedanigheden.

Afgezien van de opeenvolging van de benoemde dagen was er een primitieve vorm van planetaire astrologie. Van de planeten was het vooral Venus die de oude bewoners van Midden-Amerika fascineerde. We weten dat dit het geval is doordat verschillende van de weinige boeken die de Spaanse verwoesting hebben overleefd een soort efemeride en een eeuwige kalender voor de bewegingen van Venus bevatten. Ook is bekend dat bepaalde observatoria werden gebouwd of in elk geval ingericht met de bedoeling de positie van Venus bij opkomst en ondergang vast te stellen. De Maya's hadden ontdekt dat Venus een cyclus van vijfhonderd vierentachtig dagen heeft. Deze cyclus van Venus begon met het moment waarop de planeet voor het eerst als morgenster verscheen, vier of vijf dagen na haar conjunctie met de zon. Op dat moment, dat "spiraalvormige opkomst" of "opkomst vóór de zon" werd genoemd, begon Venus aan een lange periode als morgenster. De Maya's zetten in deze fase van de cyclus van Venus dikwijls evenementen in gang en brachten historische gebeurtenissen ermee in verband. Daarna volgde de superieure conjunctie, waarbij de zon tussen de aarde en Venus in staat, gevolgd door een lange periode waarin Venus de avondster is. Tenslotte komt Venus, na een aantal dagen in een inferieure conjunctie, nog steeds zich bevindend tussen de aarde en de zon, weer kort voor zonsopkomst in het oosten op en begint de cyclus van voor af aan.

Venus was voor de oude bewoners van Midden-Amerika een symbool van de elementaire levensprocessen. Ze werd regelmatig verteerd door het vuur van de zon, waarna ze als morgen- of avondster werd herboren. Wanneer Venus voor het eerst zichtbaar werd in haar fase als morgenster noemden de Maya's haar de "spiesende godheid" die mannen en vrouwen bedreigde met haar spiesende lichtstralen. Van de verschillende manifestaties van Venus vreesde men dit aspect van de vroege morgenster het meest. De mensen stopten zelfs hun schoorstenen dicht om te voorkomen dat daardoor het licht in hun huizen zou vallen. De Azteken en de Maya's schonken bijzondere aandacht aan de dag binnen de tweehonderdzestigdaagse cyclus waarop Venus voor het eerst als morgenster verscheen. Men geloofde dat haar verschijning op een bepaalde dag een aanwijzing bevatte voor haar astrologische invloed.

Alle aspecten van de culturen van Midden-Amerika waren van deze astrologie doordrongen. De mensen waren bijzonder bijgelovig en aanvaardden de voorspellingen van de meest wijze mannen onder hen - degenen die wisten hoe ze de tijd moesten meten en hoe ze de verschijning en verdwijning van de planeten konden voorspellen. Toen in het begin van de zestiende eeuw een groot aantal van hen voorspelde dat Quetzalcoatl zou terugkeren werd dat door iedereen serieus genomen, ook door de heersers. De laatste daadwerkelijke heerser van de Azteken was Moctezuma, een beschermer en beoefenaar van de occulte kunsten en van astrologie. Hij maakte zich bijzonder bezorgd om deze profetieën, omdat ze gedurende zijn regeerperiode in vervulling zouden moeten gaan. Ook van zijn vriend, koning Netzahualpilli, de heerser van het nabij gelegen Texcoco, kreeg Moctezuma dergelijke voorspellingen te horen. Deze heerser had een observatorium op het dak van zijn paleis, vanwaar hij elke nacht de sterren en de planeten bestudeerde.

In de jaren die voorafgingen aan 1517, het jaar waarin de Spanjaarden arriveerden, werden allerlei hemeltekenen gemeld. Er verscheen een komeet en er deed zich een verduistering voor aan het begin van de nieuwe cyclus van tweeënvijftig jaar van de Azteekse jaartelling. Dit zou overeenkomen met 1 januari 2000 volgens onze kalender, een datum die niet alleen astrologisch maar vooral psychologisch van belang is. Bovendien deed zich in die periode een aardbeving voor, gevolgd door enkele militaire tegenslagen. Moctezuma was bijzonder nerveus over de dingen die komen gingen. Hij vreesde deze voorspelde gebeurtenis, maar was tegelijkertijd de heerser over het machtigste volk van het Mexico van die tijd, een volk dat nog steeds in kracht toenam en op het punt stond zijn heerschappij aanzienlijk uit te breiden door een grote militaire expeditie naar Yucatan. Maar in 1517 landde de Spaanse *conquistador* Hernando Cortez op de kust van Mexico, met enkele honderden manschappen en een paar dozijn paarden. Het eerste deel van de profetie leek in vervulling te zijn gegaan.

Voordat we verder gaan met het verhaal van de verovering moet worden opgemerkt dat er in het precolumbiaanse Midden-Amerika een legende was over de terugkeer van de cultuurheld Quetzalcoatl. Quetzalcoatl (dat "gevederde slang" betekent) was voor de oude bewoners van Mexico, de Maya's en de andere volken van Midden-Amerika wat Hermes was voor de oude Egyptenaren: hij was de brenger van kennis en de grondlegger van de beschaving. Hij werd geassocieerd met de planeet Venus en zou de kalenderwetenschap, sterrenkunde, astrologie en geneeskunde hebben onderricht in een onbekende, maar zeer vroege tijd. De legende kende verschillende variaties, maar alle Indiaanse culturen van Midden-Amerika hadden voor hem het grootste ontzag en gingen ervan uit dat hij in de toekomst eens terug zou keren. Er werd van hem gezegd dat hij geboren was in het jaar 1 Riet, dat hij naar onbekende streken was vertrokken in het jaar 1 Riet, en dat hij zou terugkeren in het jaar 1 Riet. Hij werd ook wel Ce Acatl genoemd, dat 1 Riet betekent. Volgens de Azteekse kalender was 1517 het jaar 1 Riet.

We weten niet of er ooit werkelijk een oude Quetzalcoatl heeft bestaan; de legende hult zich in mythologische nevels en stamt uit een onbekende tijd. Wel weten we dat bepaalde leiders zich zijn naam toeëigenden als een manier om zichzelf te vergoddelijken en dat omstreeks 1200, toen de Tolteken de machtigste groepering van Mexico vormden, een belangrijke leider dit deed. Van hem werd gezegd dat hij een bijzonder erudiet en beschaafd man was en dat hij tenslotte werd afgezet door de aanhangers van een militaristischer ingestelde heerserselite. Het was alsof Venus plaats had moeten maken voor Mars. In de vijftiende eeuw deden er onder de Azteken, de laatste heersers van Mexico, astrologische voorspellingen de ronde over de uiteindelijke terugkeer van Quetzalcoatl en zijn wraak op de goden die hem van zijn plaats hadden gestoten.

Laten we nu terugkeren naar de geschiedenis. Toen Cortez in Mexico landde hoorde hij al snel over de legende en de profetie, en speelde die uit als een aas zonder ooit te zeggen of hij inderdaad Quetzalcoatl was of niet. Met zijn kleine bende fortuinzoekers en met hulp van plaatselijke Indiaanse groeperingen die de Azteken haatten dreef hij de legers van Moctezuma terug. De Azteken leidden hieruit af dat Cortez misschien inderdaad de onoverwinnelijke god was. In zijn verbijstering over wat er zich afspeelde nodigde Moctezuma Cortez uit naar de hoofdstad van de Azteken, Tenochtitlan, had een ontmoeting met hem en raakte als gevolg van deze schokkende gebeurtenissen nog meer in de war. De snelle onderwerping van de Azteken was uiteraard deels een gevolg van deze profetie. Moctezuma's wilskracht was gebroken en hij nam besluiten die hem zijn rijk en zijn leven kostten. Deze gebeurtenissen zijn een klassiek voorbeeld van de mate waarin astrologie en profetieën zich van de geest van de oude bewoners van Midden-Amerika hadden meester gemaakt.

We weten nu hoe verstrekkend de invloed van de astrologie op de Azteken was; in feite was hun hele leven ervan doordrongen. Vanaf de dag waarop iemand werd geboren en overeenkomstig de sacrale kalender een naam kreeg, en gedurende een leven van belangrijke gebeurtenissen waarvoor het tijdstip zorgvuldig werd gekozen, aanvaardde hij zowel de telling van de dagen als de bewegingen van de zon en van Venus als de bepalende factoren in zijn lotsbestemming. Een kaste van priester/astrologen was vereist om deze informatie te interpreteren en door te geven aan latere generaties. Maar de meest krachtige uiting van deze betrokkenheid bij de macht van de hemelcycli was de voorspelling van de terugkeer van Quetzalcoatl en van hun eigen ondergang, voor de Azteken een zichtbaar bewijs van de structuur van de tijd zelf. Was het een *self fulfilling prophecy* of een voorbeeld van een buitengewoon ver uitgewerkte astrologische wetenschap?

De Sacrale Kalender als Wiel van het Lot

De twintig benoemde dagen van de sacrale kalender of Tonalpouhalli maakten een eindeloze cyclus door de tijd. Net als de zeven planetaire dagen van de week, die door de oude Mesopotamische beschaving werden geschapen en tegenwoordig over de hele wereld worden gebruikt, stond de opeenvolging van twintig dagen los van de civiele kalender die aan de seizoenen gebonden was.

De oorsprong van de dagtelling staat niet vast, maar reliëfafbeeldingen van enkele dagtekens zijn gevonden in Monte Alban, een belangrijk ceremonieel centrum in de omgeving van Oaxaca, en worden gedateerd omstreeks 600 voor Chr. Andere vroege aanwijzingen dat de kalender omstreeks deze tijd al werd gebruikt zijn gevonden in verscheidene Olmeekse nederzettingen in de buurt van Veracruz.

Voor zover nu kan worden vastgesteld werd de telling, toen men daarmee eenmaal was begonnen, ononderbroken voortgezet tot op de dag van vandaag. Tegenwoordig houden de Quiche Maya's van de Guatemalteekse hooglanden de telling door een mondelinge overlevering in stand. Na een lange training kan iemand "daghouder" worden en de telling aan de volgende generatie doorgeven. Daghouders maken gebruik van geheugentechnieken, die hen in staat stellen het juiste dagteken en getal te bepalen van elke willekeurige datum uit het verleden.

De cyclus van twintig benoemde dagen wordt dertien maal herhaald om tot de volledige sacrale kalender van tweehonderd zestig dagen te komen. Elk teken van de twintigdaagse telling kreeg een getal tussen één en dertien. Uitgaande van bijvoorbeeld Cipactli of Kaaiman, die voor de Azteken het beginpunt vormde, kreeg Kaaiman het getal één. Wind was twee, Huis drie enzovoort, totdat men het dertiende dagteken, Riet, had bereikt. Ocelot, het volgende dagteken, kreeg vervolgens weer het getal één. Adelaar wordt dan twee, Gier drie, Aardbeving vier, Mes vijf, Regen zes, Bloem zeven en Kaaiman vervolgens acht. Na de volgende vijf getallen is Hert het derde dagteken dat het getal één krijgt. Deze opeenvolging wordt herhaald totdat alle dagtekens eenmaal het getal één hebben gekregen. De volgorde waarin ze het getal één krijgen brengt een tweede, bijzonder belangrijke opeenvolging van dagtekens tot stand, die soms de opeenvolging van de dertiendaagse week wordt genoemd.

Samenvattend wat tot nu toe is opgemerkt: er zijn twintig benoemde dagen die steeds worden herhaald. De twintig dagen worden dertien maal herhaald en vormen op die manier een tweehonderdzestigdaagse cyclus. Deze tweehonderd zestig dagen zijn gerangschikt in dertiendaagse reeksen, die de twintig dertiendaagse weken opleveren.

Slechts enkele bewaard gebleven teksten zeggen iets over de sacrale kalender en zijn astrologische betekenis. De door Sahagún en Durán geschreven boeken zijn in het Engels vertaald en gemakkelijk toegankelijk. Zowel Sahagún als Durán schreven hun weergave van de sacrale kalender lang na de verovering en met een duidelijk doel voor ogen - katholieke missionarissen bijstaan in hun pogingen de heidense tradities met wortel en tak uit te roeien. Met andere woorden, deze weergaven zijn niet het werk van iemand die probeerde een nauwgezette reconstructie te bieden van het gebruik van de sacrale kalender. Beide auteurs zeggen meer dan eens nadrukkelijk dat de kalender het werk is van de duivel en uit de geest van de arme Indianen moet worden weggevaagd. De informatie zelf werd aan Indiaanse zegslieden ontleend, maar dat waren vermoedelijk niet de mensen die het stelsel werkelijk beheersten. Jammer genoeg is veel van wat bewaard is gebleven kennis uit de tweede of derde hand. Tenslotte geldt voor beide auteurs dat er ongeveer vijftig jaren waren verstreken tussen de verovering en de periode waarin zij hun materiaal verzamelden. We kunnen ons voorstellen dat er in die lange tijd al veel was vergeten.

Tegenwoordig beschikken we over enkele verminkte fragmenten van wat ooit een uitstekend opgezet corpus van kennis moet zijn geweest. Kennelijk waren er mensen die zich specialiseerden in de lezing en interpretatie van geboortedagen. Deze mensen hadden geen rechtstreekse banden met de priesters, maar waren eerder te vergelijken met moderne astrologen of kaartleggers. Waarschijnlijk was hun rol en hun functie in de Azteekse samenleving dezelfde als die van de daghouders in het huidige Guatemala. Het is eveneens waarschijnlijk dat in de stadstaten van de Azteekse wereld het corpus van kennis groter en het niveau van complexiteit hoger was.

In zijn geschriften over de sacrale kalender en de telling van de dagen geeft Durán enkele korte interpretaties voor elk van de twintig benoemde dagen. Zijn beschrijvingen vervallen in uitersten: de tekens zijn goed, slecht of neutraal. Natuurlijk was de Azteekse samenleving naar onze maatstaven bijzonder wreed en was er voor het individu maar een beperkt aantal mogelijkheden. Toch kunnen we nauwelijks geloven dat iemand met één van deze modellen overeenkwam, alleen omdat hij op een bepaalde dag was geboren. We hebben de opmerkingen van Durán over de twintig benoemde dagen opgenomen, zodat de lezer enig inzicht kan krijgen in de aard van de bewaard gebleven geschriften. Het werk van Sahagún is even ongeloofwaardig. Op kenmerkende wijze besteedt hij een of twee bladzijden aan één bepaalde combinatie van dagteken en getal, om de daarop volgende combinaties af te werken zonder zich om enige beschrijving te bekommeren. Maar Sahagún wijkt op één belangrijk punt af van Durán: hij ordent het materiaal overeenkomstig de twintig dertiendaagse weken. Hij begint zijn boek bijvoorbeeld met de dertiendaagse week die aanvangt met 1 Kaaiman. Vervolgens bespreekt hij 2 Wind, daarna 3 Huis, enzovoort. Het werk van Sahagún is inconsequent. Sommige combinaties, 2 Konijn bijvoorbeeld, worden uitputtend beschreven, andere worden volstrekt genegeerd. Voor zover het er is hebben we ook het materiaal van Sahagún over de combinaties van dagteken en getal opgenomen.

De divinatorische kalender van tweehonderd zestig dagen kent geen onderbrekingen en vertoont geen vaste relatie tot de civiele kalender, de kalender van de seizoenen. De Azteken beschouwden de dag 1 Kaaiman als de eerste dag van de reeks, dit in tegenstelling tot de huidige Quiche Maya's. Zij kennen geen begindatum - elke datum zou de eerste kunnen zijn. Om de zaak zo eenvoudig mogelijk te houden, en om niet van ons Azteekse thema af te dwalen, laten wij de lijst van tweehonderd zestig dagen beginnen met 1 Kaaiman.

De correlatie van de tweehonderdzestigdaagse reeks met de gregoriaanse kalender die tegenwoordig overal ter wereld wordt gebruikt is niet onbetwist. Na ons lang te hebben verdiept in het karakter van ons bekende mensen en de betekenis van de dagtekens zijn we tot de conclusie gekomen dat de correlatie die door de huidige Quiche Maya's wordt gebruikt de meest nauwkeurige is. Deze correlatie is opgenomen in de volgende paragraaf. Wij zijn ervan uitgegaan dat bij de Azteken het etmaal op middernacht begon, net als bij ons. Die opvatting wordt gesteund door artikelen waarin over de ceremonie van het Nieuwe Vuur, een gebeurtenis die de cyclus van tweeënvijftig jaar inluidde, wordt gezegd dat die omstreeks middernacht plaatsvond. Maar er zijn ook aanwijzingen dat de dag begon met zonsopkomst of misschien zelfs zonsondergang.

Aan de hand van onderstaande tabellen is het mogelijk het dagteken vast te stellen van elke willekeurige datum van de twintigste eeuw. Wanneer u het getal van de dag eenmaal hebt bepaald zal een eenvoudige optelling of aftrekking u in staat stellen het dagteken vast te stellen voor twee andere mogelijke correlaties, die in de volgende paragraaf worden beschreven. Commentaar hierop van de kant van de lezers zullen wij verwelkomen.

De kenmerken en de beschrijvingen van de dagtekens en hun getalscorrelaties, die het volgende hoofdstuk vormen, werden samengesteld met gebruikmaking van de in het eerste hoofdstuk beschreven methoden. De historische uitspraken zijn in de vorm van citaten toegevoegd, ter nadere informatie van de lezer. Voor beide gevallen geldt dat (voor zover wij weten tenminste) over daadwerkelijke beoefenaars van de interpretatie van de sacrale kalender niets bekend is. De lezer zal dit materiaal dus moeten zien als iets dat bijzonder experimenteel is. Wij hebben het gevoel dat een begin is gemaakt met de reconstructie van wat ooit een van de grootste prestaties was van tweeduizend jaar beschaving in Midden-Amerika.

Het vinden van dagteken en getal van uw geboortedag

Met behulp van de volgende tabellen kunt u de combinatie van dagteken en getal van uw geboortedag bepalen. In tabel 2 is de volledige reeks van tweehonderd zestig combinaties opgenomen, te beginnen met 1 Kaaiman, in vijf afzonderlijke kolommen. Elk lemma bestaat uit een getal van één tot tweehonderd zestig en de combinatie van getal en dagteken. Tabel 1 bevat de dagen in de twintigste eeuw waarop 1 Kaaiman valt. Bereken dus het aantal dagen dat ligt tussen uw geboortedag en de voorafgaande datum van 1 Kaaiman, en zoek dat getal op in tabel 2. De meest eenvoudige manier is te bepalen hoeveel dagen er over zijn in de maand waarin 1 Kaaiman valt, het aantal dagen van de maanden tussen deze dag en uw geboortedag erbij op te tellen en daar tenslotte het getal van uw geboortedag bij op te tellen. De uitkomst is altijd lager dan tweehonderdzestig. Aan de hand van tabel 2 kunt u vervolgens vinden wat uw dagteken en getal zijn. Houd in gedachten dat april, juni, september en november dertig dagen hebben en dat de overige maanden, met uitzondering van februari, eenendertig dagen hebben.

De enige complicatie wordt gevormd door de noodzaak rekening te houden met het feit dat februari in het jaar waarin u werd geboren misschien negenentwintig dagen telde. Schrikkeljaren (waarin februari negenentwintig dagen telt) vallen in de jaren waarvan het voorlaatste cijfer even en het laatste cijfer een nul is (1900, 1920, 1940 enzovoort) met vierjaarlijkse perioden daartussen. Hier volgt de lijst van schrikkeljaren:

1900	1920	1940	1960	1980
1904	1924	1944	1964	1984
1908	1928	1948	1968	1988
1912	1932	1952	1972	1992
1916	1936	1956	1976	1996

Voorbeeld 1. Een geboortedag valt op 1 januari 1955. Bepaal eerst aan de hand van tabel 1 wat de voorafgaande datum van 1 Kaaiman is. Dat blijkt 17 november 1954 te zijn. Wanneer we ervan uitgaan dat de zeventiende één is telt de maand november nog veertien dagen die vallen binnen de periode die met de 17e begon. Tel daarbij de eenendertig dagen van december op, en een dag voor de geboortedag zelf. Het totaal aantal dagen dat sinds 1 Kaaiman op 17 november is verstreken bedraagt zesenveertig. Zoek in de linker kolom van tabel 2 zesenveertig op om het dagteken en het getal te vinden, in dit geval 7 Dood.

Voorbeeld 2. Een geboortedag valt op 15 maart 1956. De voorgaande datum waarop 1 Kaaiman viel is 4 augustus 1955. Wanneer we de 4e rekenen als één zijn er in augustus nog achtentwintig dagen over, plus dertig dagen van september, eenendertig van oktober, dertig van november, eenendertig van december, eenendertig van januari, negenentwintig van februari (het is een schrikkeljaar) en vijftien dagen van maart. Het totaal is tweehonderd vijfentwintig dagen. In tabel 2 zien we dat 225 correspondeert met 4 Slang. Een paar voorbeelden om mee te oefenen:

        Ronald Reagan: 6-2-1911 = 1 Aap
        John Lennon: 9-10-1940 = 10 Water
        Dominee Jerry Falwell: 12-8-1933 = 8 Ocelot
        Jane Fonda: 21-12-1937 = 1 Dood
        Shirley MacLaine: 24-4-1934 = 3 Water

Zoals eerder werd opgemerkt is de correlatie tussen de tweehonderdzestigdaagse kalender en de gregoriaanse kalender niet onbetwist. De hier volgende tabellen zijn gebaseerd op de correlatie die door de Quiche Maya's wordt aangehouden, die de telling in een mondelinge traditie hebben bewaard. We hebben ons bovendien gebaseerd op het gegeven dat de datum waarop Cortez Tenochtitlan innam, 13 augustus 1521, werd opgetekend als 1 Slang. Bovendien verschilt de telling slechts één dag van die van Frater Diego de Landa, die ten tijde van de verovering een boek over de Maya's schreef.

    Andere schrijvers stellen een andere correlatie voor.

In zijn boek *Aztec Astrology* geeft K.C. Tunnicliffe een correlatie die honderd vijfentachtig dagen voorloopt op de door ons gebruikte. Om van een willekeurige datum het dagteken en het getal te vinden hoeft u alleen maar 185 op te tellen bij de door u met behulp van de tabellen 1 en 2 gevonden waarde van de datum (van 1 tot 260). (Bijvoorbeeld: 17 augustus 1987 is 2 Wind; wanneer u hierbij 185 optelt komt u tot 187, dat wil zeggen 5 Hert.)

Jose Arguelles merkt in zijn boek *The Mayan Factor* op dat hij zijn boek voltooide op de dag 1 Imix (Kaaiman), die viel op 6 oktober 1986. Deze correlatie, die niet wordt toegelicht, loopt vierenvijftig dagen voor op de door de huidige Quiche Maya's en door ons gebruikte. Om het dagteken en het getal van een willekeurige datum volgens Arguelles te vinden telt u bij de aan de hand van de tabellen 1 en 2 gevonden waarde 54 op.

De kalenderberekeningen die voor dit project nodig waren werden uitgevoerd met behulp van een computerprogramma, "Maya 1". Uitgaande van de juliaanse telling van de dagen converteert het programma de data van de gregoriaanse kalender tot de data van de sacrale kalender. Wanneer u eenmaal een uitgangsdatum voor 1 Kaaiman hebt ingevoerd print het programma alle dagen die u verlangt. Een van ons stelde met behulp van dit programma een efemeride samen van veertig jaar.

Het programma is te verkrijgen bij Barry Orr, 14 Ravine Drive, Matawan, NJ 07747. Op aanvraag stuurt hij u aanvullende informatie en een prijslijst.

Tabel 1

De onderstaande tabel bevat de data waarop 1 Kaaiman valt. Gebruik deze tabel om vast te stellen hoeveel dagen er liggen tussen uw geboortedag en de voorgaande datum waarop 1 Kaaiman viel.

25-1-1900	10-7-1933	10-9-1967
6-10-1900	27-3-1934	72-5-1968
28-6-1901	12-12-1934	11-2-1969
15-3-1902	29-8-1935	29-10-1969
30-11-1902	15-5-1936	16-7-1970
17-8-1903	30-1-1937	2-4-1971
4-5-1904	17-10-1937	18-12-1971
18-1-1905	4-7-1938	3-9-1972
5-10-1905	21-3-1939	21-5-1973
22-6-1906	6-12-1939	5-2-1974
9-3-1907	22-8-1940	23-10-1974
24-11-1907	9-5-1941	10-7-1975
10-8-1908	24-1-1942	26-3-1976
27-4-1909	11-10-1942	11-12-1976
12-1-1910	28-6-1943	28-8-1977
29-9-1910	14-3-1944	15-5-1978
16-6-1911	29-11-1944	30-1-1979
2-3-1912	16-8-1945	17-10-1979
11-17-1912	3-5-1946	3-7-1980
4-8-1913	18-1-1947	20-3-1981
21-4-1914	5-10-1947	5-12-1981
6-1-1915	21-6-1948	22-8-1982
23-9-1915	8-3-1949	9-5-1983
9-6-1916	23-11-1949	24-1-1984
24-2-1917	10-8-1950	10-10-1984
11-11-1917	27-4-1951	27-6-1985
29-7-1918	12-1-1952	14-3-1986
15-4-1919	23-9-1952	3-11-1986

31-12-1919	15-6-1953	16-8-1987
16-9-1920	2-3-1954	2-5-1988
3-6-1921	17-11-1954	17-1-1989
18-2-1922	4-8-1955	4-10-1989
5-11-1922	20-4-1956	21-6-1990
23-7-1923	5-1-1957	8-3-1991
8-4-1924	22-9-1957	23-11-1991
24-12-1924	9-6-1958	9-8-1992
10-9-1925	11-11-1959	11-1-1994
12-2-1927	28-7-1960	28-9-1994
30-10-1927	14-4-1961	15-6-1995
16-7-1928	30-12-1961	1-3-1996
2-4-1929	19-9-1962	16-11-1996
18-12-1929	3-6-1963	3-8-1997
4-9-1930	18-2-1964	20-4-1998
22-5-1931	4-11-1964	5-1-1999
6-2-1932	22-7-1965	24-8-1999
23-10-1932	8-4-1966	9-6-2000
	24-12-1966	

Tabel 2

1 - 1 Kaaiman
2 - 2 Wind
3 - 3 Huis
4 - 4 Hagedis
5 - 5 Slang
6 - 6 Dood
7 - 7 Hert
8 - 8 Konijn
9 - 9 Water
10 - 10 Hond
11 - 11 Aap
12 - 12 Gras
13 - 13 Riet
14 - 1 Ocelot
15 - 2 Adelaar
16 - 3 Gier
17 - 4 Aardbeving
18 - 5 Mes
19 - 6 Regen
20 - 7 Bloem
21 - 8 Kaaiman
22 - 9 Wind
23 - 10 Huis
24 - 11 Hagedis
25 - 12 Slang
26 - 13 Dood
27 - 1 Hert
28 - 2 Konijn
29 - 3 Water
30 - 4 Hond
31 - 5 Aap
32 - 6 Gras
33 - 7 Riet
34 - 8 Ocelot
35 - 9 Adelaar
36 - 10 Gier
37 - 11 Aardbeving
38 - 12 Mes
39 - 13 Regen
40 - 1 Bloem
41 - 2 Kaaiman
42 - 3 Wind
43 - 4 Huis
44 - 5 Hagedis
45 - 6 Slang
46 - 7 Dood
47 - 8 Hert
48 - 9 Konijn
49 - 10 Water
50 - 11 Hond
51 - 12 Aap
52 - 13 Gras
53 - 1 Riet
54 - 2 Ocelot
55 - 3 Adelaar
56 - 4 Gier
57 - 5 Aardbeving
58 - 6 Mes
59 - 7 Regen
60 - 8 Bloem
61 - 9 Kaaiman
62 - 10 Wind
63 - 11 Huis
64 - 12 Hagedis
65 - 13 Slang
66 - 1 Dood

67 - 2 Hert	103 - 12 Huis
68 - 3 Konijn	104 - 13 Hagedis
69 - 4 Water	105 - 1 Slang
70 - 5 Hond	106 - 2 Dood
71 - 6 Aap	107 - 3 Hert
72 - 7 Gras	108 - 4 Konijn
73 - 8 Riet	109 - 5 Water
74 - 9 Ocelot	110 - 6 Hond
75 - 10 Adelaar	111 - 7 Aap
76 - 11 Gier	112 - 8 Gras
77 - 12 Aardbeving	113 - 9 Riet
78 - 13 Mes	114 - 10 Ocelot
79 - 1 Regen	115 - 11 Adelaar
80 - 2 Bloem	116 - 12 Gier
81 - 3 Kaaiman	117 - 13 Aardbeving
82 - 4 Wind	118 - 1 Mes
83 - 5 Huis	119 - 2 Regen
84 - 6 Hagedis	120 - 3 Bloem
85 - 7 Slang	121 - 4 Kaaiman
86 - 8 Dood	122 - 5 Wind
87 - 9 Hert	123 - 6 Huis
88 - 10 Konijn	124 - 7 Hagedis
89 - 11 Water	125 - 8 Slang
90 - 12 Hond	126 - 9 Dood
91 - 13 Aap	127 - 10 Hert
92 - 1 Gras	128 - 11 Konijn
93 - 2 Riet	129 - 12 Water
94 - 3 Ocelot	130 - 13 Hond
95 - 4 Adelaar	131 - 1 Aap
96 - 5 Gier	132 - 2 Gras
97 - 6 Aardbeving	133 - 3 Riet
98 - 7 Mes	134 - 4 Ocelot
99 - 8 Regen	135 - 5 Adelaar
100 - 9 Bloem	136 - 6 Gier
101 - 10 Kaaiman	137 - 7 Aardbeving
102 - 11 Wind	138 - 8 Mes

139 -	9 Regen	176 -	7 Gier
140 -	10 Bloem	177 -	8 Aardbeving
141 -	11 Kaaiman	178 -	9 Mes
142 -	12 Wind	179 -	10 Regen
143 -	13 Huis	180 -	11 Bloem
144 -	1 Hagedis	181 -	12 Kaaiman
145 -	2 Slang	182 -	13 Wind
146 -	3 Dood	183 -	1 Huis
147 -	4 Hert	184 -	2 Hagedis
148 -	5 Konijn	185 -	3 Slang
149 -	6 Water	186 -	4 Dood
150 -	7 Hond	187 -	5 Hert
151 -	8 Aap	188 -	6 Konijn
152 -	9 Gras	189 -	7 Water
153 -	10 Riet	190 -	8 Hond
154 -	11 Ocelot	191 -	9 Aap
155 -	12 Adelaar	192 -	10 Gras
156 -	13 Gier	193 -	11 Riet
157 -	1 Aardbeving	194 -	12 Ocelot
158 -	2 Mes	195 -	13 Adelaar
159 -	3 Regen	196 -	1 Gier
160 -	4 Bloem	197 -	2 Aardbeving
161 -	5 Kaaiman	198 -	3 Mes
162 -	6 Wind	199 -	4 Regen
163 -	7 Huis	200 -	5 Bloem
164 -	8 Hagedis	201 -	6 Kaaiman
165 -	9 Slang	202 -	7 Wind
166 -	10 Dood	203 -	8 Huis
167 -	11 Hert	204 -	9 Hagedis
168 -	12 Konijn	205 -	10 Slang
169 -	13 Water	206 -	11 Dood
170 -	1 Hond	207 -	12 Hert
171 -	2 Aap	208 -	13 Konijn
173 -	4 Riet	209 -	1 Water
174 -	5 Ocelot	210 -	2 Hond
175 -	6 Adelaar	211 -	3 Aap

212 -	4 Gras		237 -	3 Aardbeving
213 -	5 Riet		238 -	4 Mes
214 -	6 Ocelot		239 -	5 Regen
215 -	7 Adelaar		240 -	6 Bloem
216 -	8 Gier		241 -	7 Kaaiman
217 -	9 Aardbeving		242 -	8 Wind
218 -	10 Mes		243 -	9 Huis
219 -	11 Regen		244 -	10 Hagedis
220 -	12 Bloem		245 -	11 Slang
221 -	13 Kaaiman		246 -	12 Dood
222 -	1 Wind		247 -	13 Hert
223 -	2 Huis		248 -	1 Konijn
224 -	3 Hagedis		249 -	2 Water
225 -	4 Slang		250 -	3 Hond
226 -	5 Dood		251 -	4 Aap
227 -	6 Hert		252 -	5 Gras
228 -	7 Konijn		253 -	6 Riet
229 -	8 Water		254 -	7 Ocelot
230 -	9 Hond		255 -	8 Adelaar
231 -	10 Aap		256 -	9 Gier
232 -	11 Gras		257 -	10 Aardbeving
233 -	12 Riet		258 -	11 Mes
234 -	13 Ocelot		259 -	12 Regen
235 -	1 Adelaar		260 -	13 Bloem
236 -	2 Gier			

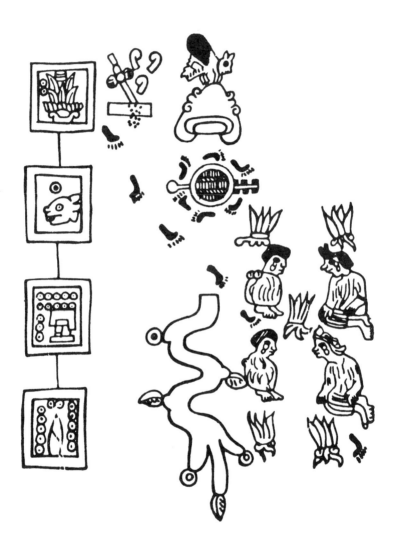

De Azteken huilen om een nederlaag in de delta van een rivier.

Hoofdstuk 7

De Astrologische Tonalamatl

In de nu volgende schetsmatige beschrijvingen zijn zowel de traditionele als de moderne betekenissen opgenomen. In zijn boek over de "Oude Kalender" geeft Durán voor alle dagtekens een betekenis. Deze vormen de introductie tot de verschillende dagtekens. Sahagún geeft in zijn werk over "Waarzeggers en de Voortekenen" betekenissen voor combinaties van dagteken en getal. Deze lopen uiteen van een enkele opmerking tot verscheidene bladzijden en zijn, in verkorte vorm en opnieuw geformuleerd, in de volgende beschrijvingen opgenomen. Omdat Sahagún niet van elke combinatie van dagteken en getal het karakter beschrijft konden deze alleen worden opgenomen voor zover ze bestaan.

Volgens Sahagún was het getal van het dagteken waaronder iemand werd geboren van bijzonder groot belang. Over het algemeen meldt hij dat de Azteken de enen en tweeën (dat wil zeggen 1 Kaaiman, 2 Riet, 1 Adelaar, enzovoort) beschouwden als uitersten die of naar de ene of naar de andere kant door konden slaan. De drieën werden als bijzonder gunstig beschouwd en waren in zijn eigen woorden "niet hopeloos". De vieren werden beschouwd als kwaadaardig, de vijven waren slecht of neutraal - ze hadden een goede opvoeding nodig, anders zouden ze perverse mensen worden. De zessen waren weinig fortuinlijk, maar de zevens en achten waren goed. De negens waren onmiskenbaar ongunstig, maar de tienen waren zo goed dat van hen werd gezegd dat ze het goede van de drie volgende getallen versterkten.

De beschrijvingen van de tekens en de getallen door zowel Durán als Sahagún vervallen van het ene uiterste in het andere. Dit is een afspiegeling van de extreme situaties in de Azteekse samenleving; vergelijkbare beschrijvingen zijn te vinden in de astrologische verhandelingen van het Romeinse Rijk. We zouden er bij de lezer op willen aandringen de beschrijvingen van deze twee fraters niet te serieus te nemen - we hebben ze opgenomen terwille van diegenen die geïnteresseerd zijn in de restanten van wat eens een groot corpus van kennis was. Maar vergeet niet dat Durán en Sahagún hun informatie kregen uit de tweede, de derde en misschien zelfs de vierde hand.

Veel van de beschrijvingen van Sahagún betitelen een combinatie van teken en getal eenvoudig als goed of slecht. In sommige gevallen geeft hij aan dat een teken goed is als de op die dag geboren persoon zijn boetedoening heeft volbracht - een gebruik onder zeer religieuze Azteken waarvan bekend is dat het al bestond voordat ze met de Spaanse fraters in contact kwamen. Sommige beschrijvingen betitelen een dag als "een dag van wilde dieren". Men neemt aan dat die dag personen voortbracht die óf onbeschaafd waren óf in contact zouden komen met wilde dieren. Veel van wat ons door Sahagún wordt gemeld is zo extreem dat we weinig vertrouwen hebben in zijn gegevens in hun totaliteit.

Het is bijvoorbeeld niet precies bekend wanneer de Azteekse dag begon. Sommigen nemen aan dat dat was op middernacht, zoals dat in de moderne wereld gebruikelijk is; anderen nemen aan dat het begin van de dag samenviel met zonsopkomst of zelfs het middaguur. Volgens ons komen de nu volgende beschrijvingen redelijk overeen met het karakter van de meeste mensen die geboren zijn op die dag wanneer we deze laten beginnen met middernacht. Maar het is een gissing en correcties zijn welkom. Na deze inleidende opmerkingen willen we u de beschrijvingen van de astrologische Tonalamatl aanbieden.

1 Kaaiman
Cipactli

Traditionele kenmerken volgens Durán*):

"Een man van opvallende moed en kracht een groot bewerker van het land, een beroemd krijgsman, een koopman, een man die zijn rijkdommen goed beheert, die verlangend is ze te vermeerderen, een vijand van ledigheid, toegewijd aan voortdurende bezigheid, nooit verkwistend, nooit spilziek, nooit geslepen en gewetenloos."

Moderne kenmerken:

Iemand die zich bezighoudt met bescherming en veiligheid. Iemand die zal vechten voor een veilige en beschermde omgeving, en voor zijn of haar huis en gezin. Iemand met sterke moederlijke gevoelens die snel reageert op bedreigende situaties. Iemand die zich aangetrokken voelt tot de zee en uit de zee afkomstig voedsel. Iemand die snel vermoeid is en graag slaapt.

Specifieke kenmerken van de getallen:

1 Kaaiman: iemand die zeer sterke beschermende neigingen heeft en erg gericht is op veiligheid. (Sahagún: "Zeer positief - voor hen die boete doen.")

2 Kaaiman: iemand die een sterke band met zijn of haar moeder heeft; iemand die in zijn of haar leven een partner hard nodig heeft.

3 Kaaiman: iemand die erg betrokken is bij alle aspecten van het huiselijk leven, ook het verrichten van huishoudelijke

---

*) Ontleend aan Durán, *Het Boek van de Goden en Riten en de Oude Kalender*, in het Engels vertaald door Heyden en Horcasita, University of Oklahoma Press, 1971.

gewone afkomst was zou hij een magiër worden die anderen behekst.")

4 *Kaaiman*: iemand die emotioneel wispelturig kan zijn en sterk reageert op stressrijke situaties.

5 *Kaaiman:* iemand die van nature ouderlijk is ingesteld en zeer geïnteresseerd is in kinderen.

6 *Kaaiman*: iemand die graag dingen spaart, zuinig is en een goed oog voor koopjes heeft; iemand met een scherpe, vlugge geest.

7 *Kaaiman*: iemand met een emotionele persoonlijkheid die erg in beslag wordt genomen door familiekwesties en aan anderen hulp vraagt voor het oplossen van problemen.

8 *Kaaiman*: iemand die strategisch op situaties reageert; een probleemoplosser.

9 *Kaaiman*: iemand met een autoriteit-complex; iemand die nerveus en rusteloos is en dikwijls van plaats verandert. (Sahagún: "Een pervers teken, vol boosaardigheid.")

10 *Kaaiman*: iemand die manipuleert en snel met een oordeel klaar staat, iemand die tot pessimisme neigt. (Sahagún: "Zeer voorspoedig; rijk, voldaan en tevreden.")

11 *Kaaiman*: iemand die op allerlei manieren traditioneel is, een purist; iemand die belangstelling heeft voor natuurlijke geneeswijzen.

12 *Kaaiman*: iemand die, wanneer er een keuze moet worden gemaakt, zich laat drijven door status en de beschikbare mogelijkheden.

13 *Kaaiman*: iemand met een gecompliceerde persoonlijkheid die overdreven traditioneel en misschien zelfs star is; iemand die belangstelling heeft voor antiek.

2 Wind
Ehecatl

Traditionele kenmerken volgens Durán

"Zij die onder dit teken waren geboren zouden grillig zijn, inconsequent, onachtzaam, lui, afkerig van in-spanning, zich overgevend aan pleziermaken, veel-vraten, parasieten, nergens wortelende, rusteloze zwervers."

Moderne kenmerken:

Mensen die zich bezighouden met communicatie door middel van spraak, schrijven of beeldende kunst. Iemand die geestelijk actief is in de vorm van discussies en argumentaties. Iemand die geneigd is zijn energie te verstrooien door bij een te groot aantal projecten of interessegebieden tegelijk betrokken te raken. Iemand die zowel uiterlijke als innerlijke kennis zoekt.

Specifieke kenmerken van de getallen:

- *1 Wind*: iemand die leert, een leerling; iemand die bijzonder verstandelijk is en intellectuele ambities koestert. (Sahagún: "Als hij een edele was zou hij een tovenaar of een astroloog worden, als hij een gewoon man was zou hij een demon worden.")
- *2 Wind*: iemand die sterk sociaal bewogen is; iemand die veel van muziek houdt en er graag naar luistert.
- *3 Wind*: iemand die goed is in het leren van talen; een enthousiast iemand die uit is op nieuwe ervaringen en nieuwe ondernemingen.
- *4 Wind*: iemand met een grote psychische intensiteit, die misschien jurist is; iemand die van een goede discussie houdt. (Sahagún: "Zowel goed als slecht, hoewel gunstig voor kooplieden.")

5 Wind: een schrijver of iemand die onderhoudend kan vertellen; iemand met een groot aantal interesses en activiteiten.

6 Wind: een serieus denker die bovendien slim en scherpzinnig is en graag achter de waarheid wil komen.

7 Wind: in sommige opzichten een creatief genie; iemand die de raad van anderen inwint en belangstelling heeft voor de ingewikkelde wendingen van het leven.

8 Wind: iemand die een scherp inzicht in het menselijk leven heeft; een occultist of en psycholoog.

9 Wind: iemand die nadenkt over maatschappelijke normen en waarden; een leraar, reiziger of jurist. (Sahagún: "Iemand die voortgedreven wordt door de wind, iemand die niets te betekenen heeft.")

10 Wind: iemand die misschien kennis heeft van traditionele talen; iemand die belangstelling heeft voor de media en voor publiciteit. (Sahagún: "Een zeer goed teken.")

11 Wind: iemand met en geordende geest of iemand die de geest bestudeert; iemand die informatie opslaat - een bibliothecaris. (Sahagún: "Een gunstig teken.")

12 Wind: iemand met belangstelling voor de natuurwetenschappen, belangstelling voor vliegreizen; iemand die allerlei onbeduidende feitjes kent.

13 Wind: iemand die dingen voltooit; iemand die snel geestelijk vermoeid raakt en besluiteloos is.

3 Huis
Calli

Traditionele kenmerken volgens Durán:

"Ze waren geneigd tot afzondering en een kloosterleven, vredig, kalm, vol eerbied voor hun ouders, geliefd bij hun verwanten, afkerig van rondzwerven en lange reizen. Ze zouden rustig in hun bed sterven."

Moderne kenmerken:

Mensen die proberen voor zichzelf een vast middelpunt in het leven te vinden. Betrokkenheid bij zijn of haar huis of verblijfplaats. Iemand die zijn eigen huis bouwt of veel doet aan het onderhoud van zijn huis. Iemand die belangstelling heeft voor kennis waarin ervaringen worden gestructureerd, zoals bijvoorbeeld wiskunde, natuurwetenschappen, numerologie, astrologie, alchemie en magie. Mensen die over het algemeen hun gevoelens beheersen en hun innerlijke opwellingen onderdrukken.

Specifieke kenmerken van de getallen:

1 Huis: iemand die zoekt naar innerlijke kennis; iemand die sterk gemotiveerd is om leefruimte te creëren. (Sahagún: "Ongunstig, levert bevorderaars van ondeugd en zonde op die op een slechte manier aan hun einde komen, misschien zelfs op het offerblok.")

2 Huis: iemand die sterke gevoelens heeft ten aanzien van zijn of haar ouders of ten aanzien van de ouderrol; mensen die deelnemen aan het gemeenschapsleven.

3 Huis: mensen die te maken hebben met huizen, onder andere aannemers, makelaars in onroerend goed en architecten.

4 Huis: iemand die geneigd is zich binnenshuis of in zijn innerlijk leven terug te trekken; iemand die liever consolideert dan naar uitbreiding streeft.

5 Huis: mensen die zeer betrokken raken bij maatschappelijke riten en ceremoniën; mensen wier sociaal leven zich binnenshuis afspeelt.

6 Huis: iemand die ernaar streeft een duidelijke tijdsindeling en routine in stand te houden. (Sahagún: "Ongunstig, iemand die tevergeefs zwoegde en opvliegend was.")

7 Huis: iemand die om spirituele redenen zijn opwellingen en verlangens onderdrukt; iemand die belangstelling heeft voor yoga.

8 Huis: iemand die zich meester maakt van de kracht en energie die verandering toelaten; een genezer, therapeut, chiropractor, voedingsdeskundige enzovoort.

9 Huis: iemand die geïnteresseerd is in de beperkingen van zijn leefruimte en het behoud van het land; iemand met occulte kennis.

10 Huis: iemand die te maken heeft met algemene huisvesting, slaapzalen en opvangtehuizen; iemand van groot aanzien.

11 Huis: iemand die hulp biedt; banden met ziekenhuizen en herstellingsoorden. (Sahagún: "Een gunstig teken.")

12 Huis: iemand die een botsing van waarden en exclusiviteit ondergaat; iemand die de familie weer bij elkaar brengt. (Sahagún: "Een gunstig teken.")

13 Huis: een kluizenaar of iemand die zich van tijd tot tijd wenst terug te trekken; iemand die oude dingen verzamelt.

4 Hagedis
Cuetzpallin

Traditionele kenmerken volgens Durán:

"Een goed teken, men zegt dat hij voorspoedig is en boven de rest van zijn familie uitsteekt en welvarend is. Hij was voorbestemd rijkdommen te bezitten en nooit honger te hoeven lijden. Dit alles was gebaseerd op de eigenschappen van de hagedis, die rustig op een muurtje ligt en nooit gebrek heeft aan vliegen en muggen, omdat ze van nature op zijn bek afkomen. Daarom zag men het als een voorteken dat iemand die onder dit teken werd geboren welvarend zou zijn zonder zich overmatig te hoeven inspannen."

Moderne kenmerken:

Een ongebruikelijk of uniek karakter. In sommige opzichten een excentriek mens, iemand die alleen staat. Iemand die zich onbeholpen voelt en anders dan anderen, omdat hij er radicale opvattingen en meningen op na houdt. Een waarachtig individualist, die er alleen op uitgaat.

Specifieke kenmerken van de getallen:

1 Hagedis: iemand die er onbewust voor kiest afstand te nemen van anderen; iemand die ernaar streeft jong te zijn. (Sahagún: "Iemand met een zeer sterk lichaam en veel levenskracht.")

2 Hagedis: iemand die ongebruikelijke patronen zoekt en trouwt met iemand die ouder of juist jonger is; iemand die emotioneel rusteloos is.

3 Hagedis: iemand met een scherpe geest; iemand die spottend spreekt of schrijft; een onvoorspelbare persoonlijkheid.

4 Hagedis: iemand die nieuwsgierig is naar ongebruikelijke onderwerpen; iemand die zijn eigen gevechten levert en zichzelf in een hachelijke situatie kan werken.

5 Hagedis: iemand die op het arrogante af trots is op zijn scheppingen; iemand die radicale kunst produceert, een tovenaar.

6 Hagedis: iemand met een vreemd gevoel voor verhoudingen, die belangstelling heeft voor bizarre en buitenissige dingen. (Sahagún: "Een ongunstig teken.")

7 Hagedis: iemand die spiritueel op zoek is en experimenteert met allerlei verschillende technieken, uiteenlopend van yoga tot drugs.

8 Hagedis: iemand met een gecompliceerde en misschien gespleten persoonlijkheid, die diep betrokken raakt bij groepen.

9 Hagedis: iemand met liberale gezichtspunten en een sterke belangstelling voor ideeën; iemand die veel leest en er onpopulaire opvattingen op nahoudt.

10 Hagedis: een excentriek iemand met een zeer ongebruikelijke belangstelling of een zeer ongebruikelijk beroep.

11 Hagedis: iemand die belangstelling heeft voor het in categorieën onderbrengen van dingen, het opdelen van dingen in kleinere gehelen.

12 Hagedis: iemand die afzondering van anderen ervaart; iemand die verlaten of vreemde plaatsen bezoekt. (Sahagún: "Een goed teken.")

13 Hagedis: iemand die de maatschappij verwerpt; iemand die geestelijke en lichamelijke mishandeling duldt. (Sahagún: "Een gunstig teken.")

5 Slang
Coatl

Traditionele kenmerken volgens Durán:

"Er was voorzegd dat degenen die onder dit teken werden geboren armoedzaaiers zouden zijn, naakte, ongeklede, haveloze bedelaars die geen eigen onderkomen hadden. Ze zouden altijd moeten leven van wat ze leenden, ze zouden afhankelijk zijn van anderen en hun leven lang ondergeschikt zijn. In dat opzicht leefden zij naar het voorbeeld van de slang die zonder huis en naakt door het leven gaat, blootgesteld aan de zon en de wind, die vandaag in het ene hol leeft en morgen in een ander."

Moderne kenmerken:

Een krachtige persoonlijkheid die in staat is sterke gedachtengolven in het leven te roepen, zowel positieve als negatieve. Iemand die intens liefheeft of haat. Iemand die ernaar streeft in zijn omgeving te kunnen functioneren of in zekere zin zelfs te kunnen ademen.

Specifieke kenmerken van de getallen:

1 Slang: iemand die schept; iemand die zich aangetrokken voelt tot de oerbron van creativiteit; belangstelling voor geboorte en dood. (Sahagún: "Een goed teken en een goede dag - van iemand die hier geboren is zou veel uit kunnen gaan als hij zijn boetedoening volbrengt. Een gunstige dag voor kooplieden, een dag om gunsten te ontvangen.")

2 Slang: iemand die sterke paranormale banden met iemand anders ervaart; iemand die gedwongen is in zijn leven cruciale beslissingen te nemen.

3 Slang: iemand die ernaar streeft zijn omgeving te overheersen en in staat is tot het uiterste te gaan; iemand met therapeutische belangstelling.

4 Slang: iemand die geneigd is zich te laten opslorpen door de lichamelijke begeerten van iemand anders; iemand die worstelt met goed en kwaad.

5 Slang: iemand die gevoelig is voor muziek, dans en ritme; een creatieve en vindingrijke persoonlijkheid die seksueel zeer aantrekkelijk is.

6 Slang: iemand met zeer diepe gevoelens, iemand die mededogen voelt maar zich toch graag met anderen meet.

7 Slang: iemand die ernaar streeft geest en lichaam te vervolmaken door middel van meditatie en het in evenwicht brengen van zijn emoties.

8 Slang: iemand die zich aangetrokken voelt tot magie en occultisme en van zijn macht gebruikt maakt om veranderingen tot stand te brengen; iemand die fanatieke opvattingen over seksualiteit kan hebben.

9 Slang: iemand met veel seksuele ervaring of geheime kennis; iemand die geneigd is te vervallen in uitersten en in excessen. (Sahagún: "Een goed teken.")

10 Slang: een charismatische persoonlijkheid die misschien banden heeft met medische of helende beroepen.

11 Slang: een krachtige persoonlijkheid die misschien met groepen werkt om de kunst van geven en nemen te leren; iemand die gedachtengolven creëert.

12 Slang: een mens die afkomstig is uit een invloedrijke of aristocratische familie; iemand die van nature macht over anderen heeft.

13 Slang: iemand die ernaar streeft dingen los te laten - die weet hoe hij met het leven mee moet stromen en het einde van een cyclus aanvaardt. (Sahagún: "Een goed teken.")

6 Dood
Miquiztli

Traditionele kenmerken volgens Durán:

"Van hen die onder dit teken ter wereld waren gebracht nam men aan dat ze angstig, bedeesd, laf, zwak van karakter, vergeetachtig, lui, ziekelijk, zonder eetlust en onvriendelijk waren."

Moderne kenmerken:

Iemand die ingrijpende veranderingen in zijn leven aanbrengt, zoals weggaan uit de familiekring, echtscheiding en hertrouwen, het veranderen van beroep. Iemand die sterke veranderingen en situaties van ontreddering ondergaat.

Specifieke kenmerken van de getallen:

1 Dood: iemand die ervoor kiest zijn of haar leven te veranderen of te transformeren nadat hij of zij de ogen heeft geopend voor de realiteit. (Sahagún: "Iemand die hier is geboren zou welvarend en rijk worden, of hij nu een edele of een vazal was. Hij zou eer op zijn weg vinden wanneer hij zijn boetedoening volbracht.")

2 Dood: iemand die het einde van een relatie of een huwelijk aanvaardt maar toch een sterk vertrouwen heeft. (Sahagún: "Geen goed teken.")

3 Dood: een zeer paranormaal begaafde persoonlijkheid die in staat is te fungeren als medium, die automatisch kan schrijven enzovoort; iemand die belangstelling heeft voor hergebruik en restauratie.

4 Dood: iemand die worstelt tussen twijfel en wilskracht; iemand die de conditionering uit zijn vroege jeugd moet herzien.

5 Dood: een bijzonder creatieve persoonlijkheid, zeer dramatisch en in staat een indrukwekkende voorstelling te verzorgen.

6 Dood: iemand die zich met heraanpassing bezighoudt; iemand die naar een nieuwe gemeenschap verhuist, die huis en haard achterlaat.

7 Dood: iemand die belangstelling heeft voor spirituele transformatie; iemand die gevoelig is voor subtiele energieën die van anderen uitgaan.

8 Dood: iemand die in een toestand van trance informatie kan doorgeven of de verbinding tussen verschillende werelden ervaart; iemand die dood en wedergeboorte ervaart. (Sahagún: "Ongunstig.")

9 Dood: iemand die in staat is zijn kennis te gebruiken om oude ideeën nieuw leven in te blazen; iemand die onder geestelijke druk staat.

10 Dood: iemand die ingrijpende veranderingen in de omstandigheden van zijn leven doormaakt, onder andere veranderingen in de manier waarop hij door anderen wordt aanvaard.

11 Dood: iemand die opgaat in anderen, die kwesties van leven en dood recht onder ogen ziet.

12 Dood: iemand die zich op de stroom van het leven laat meedragen, die groei binnen een relatie aanvaardt, zelfs als dat het einde van de relatie betekent.

13 Dood: iemand die zich terugtrekt, wegloopt of omstandigheden waaruit het leven geweken is achter zich laat.

7 Hert
Mazatl

Traditionele kenmerken volgens Durán:

"Van hen die hier waren geboren werd gezegd dat ze mensen van het woud waren die graag in de bossen leefden en jaagden. Ze zouden houthakkers, ijlboden en wandelaars zijn, niet erg gesteld op hun eigen land, verlangend vreemde landen te bezoeken en daar te gaan wonen, weinig liefde voelend voor hun vader en moeder en dezen zonder enige aarzeling in de steek latend."

Moderne kenmerken:

Een verzamelaar van voedsel en andere voorraden. Mensen die genieten van banketten, feestmalen, dansen, ceremoniën en hofmakerij. Mensen die welwillend en vrijgevig zijn, luchthartig en spontaan.

Specifieke kenmerken van de getallen:

1 Hert: iemand die optimistisch is, die zich een plezierige tijd in het vooruitzicht stelt en open staat voor liefde met iemand anders. (Sahagún: "Een verlegen mens, die snel bang is.")
2 Hert: iemand die met voedsel werkt, die gastvrij is en vrijwillig zijn diensten aanbiedt. (Sahagún: "Iemand die altijd in rampspoed verkeert.")
3 Hert: een oprecht iemand die misschien adviseur is, over algemene ontwikkeling beschikt en belangstelling heeft voor muziek. (Sahagún: "Een gunstig teken van kundigheid en verdienste.")
4 Hert: iemand wiens familie of groepering zich bezighoudt met het boerenbedrijf of de tuinbouw.
5 Hert: iemand die graag danst, die houdt van muziek, optochten, hofmakerij en feestmalen; een sociale persoonlijkheid.

6 Hert: een componist of een choreograaf; iemand die coördineert wat er in het sociale leven moet worden gedaan.

7 Hert: iemand die belangstelling heeft voor rituele hofmakerij, de huwelijksceremonie en de betekenis van traditionele sacrale riten.

8 Hert: een jager; iemand die zich agressief in maatschappelijke kwesties verdiept; iemand die op de hoogte is van de motieven van anderen.

9 Hert: iemand met asociale neigingen of iemand die er moeite mee heeft van iets te genieten; iemand die behoefte heeft aan ontspanning.

10 Hert: iemand die zich met openbare aangelegenheden bezighoudt, onder andere ceremoniën, concerten enzovoort.

11 Hert: iemand die betrokken is bij kunstzinnige tradities en de waarde daarvan voor het verhogen van het bewustzijn.

12 Hert: een vrijwilliger; iemand die zendingswerk doet; iemand die geld geeft voor liefdadige doelen of tijd uittrekt voor een goede zaak.

13 Hert: iemand die oude gebruiken doet herleven; iemand die in kunstzinnige aangelegenheden geneigd is tot nauwgezetheid.

8 Konijn
Tochtli

Traditionele kenmerken volgens Durán:

"Van hen die onder dit teken waren geboren meende men dat zij tot dezelfde categorie behoorden als degenen die onder Hert, het vorige teken, geboren waren."

Moderne kenmerken:

Mensen die kennis van zaken hebben over het kopen en verkopen van dingen en het sluiten van overeenkomsten. Mensen die in materiële en politieke zaken kunnen loven en bieden. Iemand die door zijn slimheid de overwinning behaalt. Mensen die rijkdommen verzamelen, die ervoor zorgen dat hun geld zich vermenigvuldigt.

Specifieke kenmerken van de getallen:

1 Konijn: iemand die nieuwe dingen, produkten of ideeën introduceert; iemand die een oordeel kan vellen. (Sahagún: "Een gulle gever, een goede werker, rijk.")
2 Konijn: iemand die op de hoogte is van vechttechnieken; iemand uit een familie van vechters die in politieke aangelegenheden duidelijk een andere mening is toegedaan. (Sahagún: "Een enorme dronkaard die in extremen vervalt.")
3 Konijn: een verkoper of iemand die slim en handig is in het nemen van snelle beslissingen. (Sahagún: "Iemand die geluk heeft, die op onbegrijpelijke manieren beloond wordt.")
4 Konijn: iemand die zich bezighoudt met politiek; iemand die erg zijn best doet om overeenkomsten tot stand te brengen. (Sahagún: "Een ongunstig teken.")
5 Konijn: een vruchtbare persoonlijkheid die misschien met kinderen werkt en houdt van feesten en sociale bijeenkomsten.

6 Konijn: iemand die werkt onder lastige omstandigheden of in zijn leven bijzondere voorzorgsmaatregelen moet nemen.

7 Konijn: iemand die zich bezighoudt met religieuze kwesties en offers brengt ten behoeve van anderen; iemand die bijzonder rijp is.

8 Konijn: een rijk iemand, vertrouwd met de regels die gelden in de wereld van het grote geld; een verstandig investeerder.

9 Konijn: een onderhandelaar; iemand die bijeenkomsten met anderen belegt om complicaties en problemen te bespreken.

10 Konijn: iemand die geïnteresseerd is in politiek en het vechten voor idealen; iemand die ernaar streeft over anderen te triomferen. (Sahagún: "Iemand die dankzij zijn eigen inspanningen slaagt.")

11 Konijn: iemand die veel met kinderen omgaat, die misschien kinderen als inzet voor onderhandelingen gebruikt.

12 Konijn: een ruimhartig iemand die misschien als gevolg van zakelijke aangelegenheden met buitenlanders te maken heeft.

13 Konijn: iemand die een schuld moet inlossen; iemand met achterhaalde politieke ideeën of produkten die niets opleveren.

9 Water
Atl

Traditionele kenmerken volgens Durán:

"Dit teken was kwaadaardig. Mensen die onder dit teken waren geboren waren apathisch en leefden kort. Zij leidden een leven van ziekte en werden zelden oud, doordat zij aan langdurige en hinderlijke kwalen leden die nooit zouden kunnen genezen. Zij waren mopperaars, ontevredenen, die altijd een ongelukkige en boze uitdrukking droegen."

Moderne kenmerken:

Mensen die ernaar streven hun emoties te beheersen en in evenwicht te houden en ze op een spiritueel niveau te brengen. Iemand die verlichting zoekt, die door het leven schiet en aanvaardt wat het hem of haar te bieden heeft.

Specifieke kenmerken van de getallen:

1 Water: iemand die zijn intuïtie gebruikt maar ten prooi valt aan emotionele uitbarstingen. (Sahagún: "Iemand wiens fortuin wisselvallig is, goed en slecht.")
2 Water: een sentimenteel iemand, dromerig, die sterke emotionele banden met anderen heeft.
3 Water: iemand met een sterk invoelend begrip van anderen; iemand met een neiging tot hysterie en emotionele verwarring. (Sahagún: "Iemand die het voor de wind gaat, die gemakkelijk rijk wordt - maar die plotseling alles kan verliezen.")
4 Water: iemand die zijn of haar gevoelens en emoties onderdrukt; iemand die anderen instrueert; een leraar. (Sahagún: "Een kwade dag - degenen die hier worden geboren worden geteisterd en moeten strijd leveren om hun levensbehoeften.")

5 Water: iemand die zich gedraagt als een kind, die gemakkelijk verliefd wordt en sterke gevoelens voor anderen koestert. (Sahagún: "Een pervers teken.")

6 Water: iemand die ernaar streeft zijn gevoelens te beheersen, ten koste van zijn hart.

7 Water: iemand die tot overbezorgdheid en depressiviteit neigt maar in de loop van zijn leven heel verlicht wordt.

8 Water: iemand die ernaar streeft zijn relaties met anderen te hernieuwen, zijn spiritualiteit te hernieuwen; iemand die reinigt.

9 Water: iemand die zich van anderen afzondert en misschien geen blijk zal geven van emoties en gevoelens; iemand die zich graag opsluit.

10 Water: iemand die zijn gevoelens openlijk dramatiseert, die gebruik maakt van een vertoon van emoties om zijn zin te krijgen; een priester of een leider.

11 Water: iemand die uitkijkt naar de toekomst en erop af stormt; iemand die zich gemakkelijk laat meeslepen. (Sahagún: "Een gunstige dag.")

12 Water: iemand die verwacht dat hij beloond zal worden met geluk maar, als gevolg van een starre houding, misschien teleurgesteld zal worden.

13 Water: iemand die zich bezighoudt met emotioneel beladen onderwerpen zoals de dood; iemand die veel reist.

10 Hond
Itzcuintli

Traditionele kenmerken volgens Durán:

"Van dit teken meende men dat het fortuinlijk en gelukkig was. Degenen die hieronder werden geboren stond geluk en voorspoed te wachten. Zij moesten dappere en grootmoedige mensen worden die in de wereld iets zouden bereiken, mannen met veel kinderen, gul schenkend van hun overvloed, kwistig, verspillend, die graag beschikten over voldoende middelen om te kunnen weggeven, vijanden van de armoede, vrienden van hen die om gunsten vragen, altijd bereid zich te schikken."

Moderne kenmerken:

Een loyale vriend. Iemand die geeft zonder er iets voor terug te willen hebben. Een reiziger of iemand die graag wandelt en op stap is. Iemand die zoekende is, die verkent en contact legt met mensen uit ver gelegen plaatsen.

Specifieke kenmerken van de getallen:

1 Hond: iemand die een zoektocht of een expeditie leidt; iemand die zoekende is, die verlangt te leren. (Sahagún: "Iemand die hier werd geboren zou rijk worden.")
2 Hond: iemand in wiens gezelschap het goed toeven is; iemand die nabuurschap in praktijk brengt.
3 Hond: een boodschapper, iemand die communicatie tot stand brengt; iemand die interessante gesprekken gaande houdt.
4 Hond: een zeer loyale persoonlijkheid, analytisch en volhardend; iemand die zijn uiterste best doet met anderen in contact te komen. (Sahagún: "Iemand die zonder inspanning in zijn behoeften kan voorzien - iemand die honden fokt.")
5 Hond: iemand die reist of wandelt ter ontspanning; iemand

uitvoerige contacten heeft met buitenlanders en buitenlandse gewoonten. (Sahagún: "Een boosaardig teken.")

6 Hond: een scherpe denker met indringende inzichten; iemand die anderen volgt, maar zeer goed op de hoogte is. (Sahagún: "Ongunstig, iemand die zich gedwongen ziet te betalen en de lasten te dragen.")

7 Hond: iemand met universele doelen; iemand die experimenteert en nieuwe handelwijzen, methoden en routes uitprobeert.

8 Hond: iemand die zeer persoonlijke dingen met anderen deelt; iemand die bereid is met een ander van plaats te ruilen.

9 Hond: een ontembaar karakter, iemand die anderen leidt of onderwijst en ideeën aandraagt.

10 Hond: een edel mens die zich misschien verdiept in de geschiedenis of optekent wat zich heeft voorgedaan.

11 Hond: een menslievend karakter, iemand die geduldig en standvastig is; iemand die zijn instincten en zijn dromen volgt.

12 Hond: iemand die zich in het gezelschap van anderen onhandig voelt en alleen reist; iemand die moeite heeft met het leggen van contacten maar kunstzinnig is. (Sahagún: "Een gunstige dag.")

13 Hond: iemand die in het leven een zware last te dragen heeft; iemand die zichzelf opoffert en over innerlijke wijsheid beschikt.

11 Aap
Ozomatli

Traditionele kenmerken volgens Durán:

"Van mensen die onder dit teken waren geboren werd gezegd dat ze vrolijk waren, dat ze op acteurs leken, kwajongensachtig, charmant en slim, en dat ze met deze eigenschappen in hun onderhoud voorzagen. Ze zouden veel vrienden hebben; men trof hen aan onder koningen en edelen. Als het kind een meisje was zou ze een opgewekte en sierlijke zangeres worden, niet te bescheiden en kuis, aardig, iemand die zich gemakkelijk tot allerlei dingen liet overhalen."

Moderne kenmerken:

Een cabaretier, artiest of acteur. Iemand die een vermomming draagt of zijn werkelijke persoonlijkheid verborgen houdt. Iemand die een leerling wordt of aan een opleiding begint. Iemand die zijn eigen culturele patroon of etnische identiteit ontdekt door zich aan te sluiten bij een broederschap of een groep van verwanten.

Specifieke kenmerken van de getallen:

1 Aap: iemand die gebruik maakt van fantasie of valse schijn om anderen te amuseren; iemand die de basis legt voor een groep of een broederschap. (Sahagún: "Men waardeert hem en hij is vermakelijk - een zanger, danser of schrijver."
2 Aap: iemand die optreedt, een artiest of een musicus; iemand die met anderen reist.
3 Aap: iemand met een literaire inslag of belangstelling voor literatuur; dichters, schrijvers, verhalenvertellers.
4 Aap: iemand die zijn acteertalent of zijn intelligentie gebruikt om vooruit te komen.

5 Aap: iemand die tijdens festivals voor publiek optreedt of acteert; iemand die prat gaat op seksualiteit. (Sahagún: "Een vriendelijke nar en grappenmaker.")

6 Aap: iemand die betrokken is bij grote produkties, ceremoniën en vieringen. (Sahagún: "Niet zo gunstig.")

7 Aap: een religieus iemand die gebruik maakt van pantomime, verkleedpartijen, psychodrama, reciteren, muziek en riten. (Sahagún: "Geestig, een waarachtige vriend.")

8 Aap: iemand die in kwesties van amusement en optredens over macht beschikt; een krachtig leider die anderen misschien angst zal inboezemen.

9 Aap: iemand die geneigd is tot excessief drinken en feesten; iemand die druk, luidruchtig en vulgair is.

10 Aap: iemand van wie wordt ingezien of van wie bekend is dat hij een goed zanger, artiest of acteur is; iemand die goede recensies krijgt.

11 Aap: iemand die werkt met fantasie, zoals een fotograaf, een kunstenaar of een beoefenaar van magie.

12 Aap: iemand die op grote schaal opereert en zich bezighoudt met de samenwerking tussen een groot aantal volken met verschillende culturen.

13 Aap: iemand die zijn ware zelf moet onthullen; iemand die traditionele kunstvormen beoefent. (Sahagún: "Een zeer gunstige dag.")

12 Gras
Malinalli

Traditionele kenmerken volgens Durán:

"Aan hen die onder dit teken werden geboren werd jaarlijks een ernstige ziekte voorspeld, die een crisis zou bereiken en vervolgens volledig verdwijnen. De ziekte was als wild gras dat elk jaar verdort en vervolgens weer groen wordt. Op een vergelijkbare manier werd een kind dat onder het teken van het Wilde Gras was geboren elk jaar ziek waarna het genas. Het stierf niet aan de ziekte. Er werden met dit teken geen andere voorspellingen in verband gebracht."

Moderne kenmerken:

Iemand die het moeilijk vindt om te praten en dat als een gemis ervaart. Iemand die zichzelf straft of zichzelf opoffert. Iemand met een scherpe geest die tot de kern van een situatie weet door te dringen. Een impulsief iemand, die moet weten wanneer hij zich aan iets moet wijden of onder welke omstandigheden hij moet vechten, en wanneer hij dat niet moet doen. Iemand die vatbaar is voor snijwonden en bloedverlies.

Specifieke kenmerken van de getallen:

1 Gras: iemand die luid protesteert en bereid is offers te brengen voor een bepaalde zaak. (Sahagún: "Een afschuwelijke dag - aanvankelijk wordt troost gevonden, maar die verdwijnt vervolgens weer.")
2 Gras: iemand met sterke emoties, geneigd tot woede en razernij, die een grote behoefte heeft om met anderen te praten en dingen te delen. (Sahagún:
"Ongunstig, hij zou veel zonen verwekken zoals een paaiende vis.")

3 Gras: iemand die problemen ervaart in het spreken met anderen; iemand die over het algemeen heel bot is in zijn manier van spreken.

4 Gras: iemand die donaties geeft; iemand die zich uit respect, hoffelijkheid en inzicht in de behoeften voor een specifiek doel inzet.

5 Gras: iemand die zich geremd voelt in het maken van plezier; creatieve remmingen, angst voor publiciteit; binnenpretjes.

6 Gras: iemand met een analytische geest die tijdens een gesprek ter zake komt; iemand die kritisch ingesteld is. (Sahagún: "Een teken van wilde dieren, een gekwelde persoonlijkheid.")

7 Gras: iemand die zich in zijn innerlijk leven terugtrekt; iemand die opgeeft wat hij heeft terwille van een hoger doel. (Sahagún: "Een zeer gunstige dag - hij wordt voor zijn verdiensten beloond.)

8 Gras: een chirurg, arts of genezer; een krachtige persoonlijkheid die ernaar streeft anderen te helpen. (Sahagún: "Min of meer goed.")

9 Gras: iemand die moeite heeft zijn doel in het leven te vinden; iemand die lijdt onder misverstanden en angsten.

10 Gras: iemand die populair is en anderen helpt; een maatschappelijk werker of een leider.

11 Gras: iemand die verdriet en pijn doormaakt; een slachtoffer van de omstandigheden.

12 Gras: iemand die weet wanneer hij het moet opgeven en zich moet terugtrekken; iemand die misverstanden ervaart.

13 Gras: iemand die streeft naar wat binnen zijn bereik ligt, die er het beste van maakt; een behoedzaam iemand.

13 Riet
Acatl

Traditionele kenmerken volgens Durán:

"Van dit symbool werd gezegd dat het neutraal was, ook al waren de eraan toegeschreven kenmerken niet bijzonder goed. Men zei dat een man die onder dit teken was geboren was als het riet, hol en zonder hart, onbekwaam, onverstandig, leeg, zonder betekenis; en al hadden zij rijkdommen en goederen, ze hadden het graag over hun armoede en over bedelen. Ze hielden erg van zoeternij, ze waren veelvraten, aartsluiaards. Ze zouden de hele dag bloot in de zon blijven liggen."

Moderne kenmerken:

Iemand die ernaar streeft dingen te begrijpen, iemand die zelf leert maar ook leraar is. Iemand die wordt ingewijd tot de hogere niveaus van het bewustzijn. Iemand die werkt aan het opbouwen van een organisatie. Een figuur van gezag.

Specifieke kenmerken van de getallen:

1 Riet: een leraar of een profeet; iemand die zich bezighoudt met bewustzijnsverruiming. (Sahagún: "Het dagteken van Quetzalcoatl.")
2 Riet: iemand die traditionele kennis bezit, die met anderen samenwerkt om een traditie voort te zetten. (Sahagún: "Hij zou welgesteld en rijk worden.")
3 Riet: iemand die ideeën verwoordt: een schrijver of een spreker; een lid van een adviesorgaan of een commissie.
4 Riet: de voorzitter van een organisatie; iemand die op een ordelijke manier denkt, een wetenschapsman.
5 Riet: iemand die toneel gebruikt als leermethode; een creatieve leraar; iemand die het oedipuscomplex belichaamt.

6 Riet: iemand die een bijdrage levert; iemand die de gelofte aflegt dat hij zaken die met leren te maken hebben zal handhaven of verbeteren; iemand met een kritische geest.

7 Riet: een spirituele meester of gids; iemand die de betekenis van het leven en van religieuze aangelegenheden beschouwt. (Sahagún: "Iemand die dat wat hij verlangt verdient en krijgt.")

8 Riet: iemand die de leiding op zich neemt bij maatschappelijke hervormingen; iemand die beheersing van de geest leert of in praktijk brengt; een therapeut. (Sahagún: "Geen goed dagteken - een dag van wilde dieren.")

9 Riet: iemand die worstelt met morele en ethische vraagstukken, die wetten en regels bestudeert. (Sahagún: "Iemand die hooghartig en boosaardig is.")

10 Riet: een bekend man die beschikt over kennis en gezag; iemand die zich nadrukkelijk aan de leer houdt.

11 Riet: iemand die eerst dient en daarna pas leidt; iemand die gebruik maakt van gevorderde spirituele methoden op het gebied van genezing en onderwijs.

12 Riet: iemand die probeert kennisverschillen te overbruggen; iemand die de waarheid en het licht zoekt.

13 Riet: iemand die dingen voltooit, die betrokken is bij dingen die er ooit waren maar nu niet meer bestaan.

14 Ocelot
Ocelotl

Traditionele kenmerken volgens Durán:

Zij die onder dit teken werden geboren waren voorbestemd om te zijn zoals de jaguar - moedig, vermetel, hooghartig, aanmatigend, trots, zelfingenomen, gewichtig. Begerig als zij waren naar eer en openbare posities zouden ze zich deze zaken verwerven door heerszucht, geweld of geschenken en zouden ze verkrijgen wat ze hebben wilden. Een dergelijk man was verkwistend en verlaagde zich tot slaafse zaken. Hij gaf zich over aan eigenhandig zaaien en oogsten. Hij was toegewijd aan het boerenbedrijf en ging zware inspanning niet uit de weg. Hij vond voldoening in het ten strijde trekken, omdat hij zich zo kon bewijzen en zijn moed tentoon kon spreiden. Hij kon om alles glimlachen; hij was altijd bereid voor een goede zaak te vechten. Als het onder dit teken geboren kind een meisje was zou ze onafhankelijk, trots, aanmatigend, geringschattend ten aanzien van andere vrouwen, rusteloos, openhartig, iedereen bespottend en vervuld van hooghartige gedachten zijn."

Moderne kenmerken:

Iemand die diep wordt beïnvloed door de onbewuste geest, dromen en paranormale ingevingen. Een boodschapper, iemand die informatie overbrengt. Iemand die de creatieve geest leert te gebruiken; iemand die op een creatieve manier visualiseert. Iemand die zowel zijn lichaam als zijn geest kan ontspannen.

Specifieke kenmerken van de getallen:

1 Ocelot: iemand die naar nieuwe ervaringen streeft, die graag dingen voor het eerst doet zonder duidelijke plannen of voorafgaande overwegingen.

2 Ocelot: iemand die ideeën ontleent aan dromen en het liefst werkt in de vroege uren van de ochtend; een zeer territoriaal ingesteld mens.

3 Ocelot: een kundig iemand die met technische of kunstzinnige gereedschappen werkt; een diplomaat of onderhandelaar.

4 Ocelot: een denker die in zijn geest ideeën construeert voordat hij ze in praktijk brengt; iemand die moeite heeft met het aanbrengen van veranderingen.

5 Ocelot: een positief ingestelde en optimistische persoonlijkheid met creatieve ideeën; iemand die gereserveerd is en misschien in het geheim relaties met anderen heeft.

6 Ocelot: een poëtisch en lyrisch iemand, misschien een musicus; iemand die ernaar streeft dingen te voltooien.

7 Ocelot: iemand die zich bezighoudt met innerlijk, spiritueel werk; iemand die mediteert of een voorkeur heeft voor het kloosterleven.

8 Ocelot: een sterke rivaal, die anderen misschien indirect door zijn gedachten beheerst; iemand die zeer gesloten is ten aanzien van financiële zaken. (Sahagún: "Een slecht teken.")

9 Ocelot: iemand die worstelt met ingewikkelde en lastige gesprekken en contacten; iemand die de dingen van tevoren uitdenkt. (Sahagún: "Niet goed - een dag van wilde dieren.")

10 Ocelot: een goed opgeleid iemand die zich houdt aan de traditionele manieren van denken en misschien belangstelling heeft voor oudheden. (Sahagún: "Zeer gunstig.")

11 Ocelot: iemand die een duidelijke uitspraak doet; iemand met een openbare positie, die misschien erkenning zal krijgen voor zijn ideeën.

12 Ocelot: iemand met de geest van een technicus; iemand die zich na een meningsverschil terugtrekt uit de samenleving of zijn familie.

13 Ocelot: een eenzelvig iemand die veel tijd alleen doorbrengt; iemand die in zijn manier van denken star en onbuigzaam is.

15 Adelaar
Cuauhtli

Traditionele kenmerken volgens Durán:

"Het heeft dezelfde aard als het teken van de jaguar (Ocelot), dat we al besproken hebben. Maar daaraan wordt toegevoegd dat degenen die onder dit teken worden geboren niet alleen de kenmerken van de jaguar hebben, maar ook andere. Ze zouden zich overgeven aan diefstal, de rijkdom van hun naburen begeren, gierig zijn en hun goederen verbergen zoals de adelaar, die een roofvogel is."

Moderne kenmerken:

Een voorzitter, een leider, een krijger of een manager. Iemand die de leiding van dingen heeft, die probeert de zaken in orde te houden. Iemand die te maken heeft met onroerend goed en in land investeert. Een zakenman die de leiding van een situatie op zich neemt.

Specifieke kenmerken van de getallen:

1 Adelaar: iemand die probeert zichzelf te bewijzen; een krijger of een sportheld die een leider blijkt te zijn. (Sahagún: "Pochend, moedig en vermetel, aanmatigend.")
2 Adelaar: iemand die aan een huwelijk of aan partnerschap kracht ontleent; een vaderfiguur en een conservatief leider.
3 Adelaar: iemand die dingen opmeet en inschaalt en technische talenten heeft; iemand die donaties geeft en bijdragen levert en heel trots is.
4 Adelaar: iemand die plannen maakt, een manager; iemand die alles uit zijn land of zijn kantoor weet te halen. (Sahagún: "Niet goed.")
5 Adelaar: een zeer creatieve en getalenteerde leider of held; ie-

mand die op koninklijke wijze wordt behandeld en veel seksueel charisma heeft.

6 Adelaar: een conservatief, zakelijk ingesteld iemand die zich houdt aan regels en voorschriften; iemand die misschien problemen met leiderschap heeft.

7 Adelaar: een spirituele leider; een dominee of een priester; iemand die soms als bovenmenselijk wordt beschouwd, als een god of een godin.

8 Adelaar: iemand die als gevolg van een of ander soort erfenis macht krijgt; een financieel leider.

9 Adelaar: iemand die zich verdiept in de wetten van een stam of samenleving; iemand die misschien als leider in gebreke zal blijven en zijn status zal verliezen. (Sahagún: "Een slecht teken.")

10 Adelaar: de chef of voorzitter; iemand die zich houdt aan regels en voorschriften en dienovereenkomstig wordt beloond; een conservatief iemand. (Sahagún: "Een dagteken van kracht en moed. Iemand die mensen voortdrijft, zonder vrees voor de dood.")

11 Adelaar: iemand die betrokken is bij wezenlijke maatschappelijke problemen; iemand die regelingen treft, die diplomatie bedrijft en druk uitoefent. (Sahagún: "Een neutraal teken.")

12 Adelaar: een leider die worstelt met een crisis en misschien betrokken zal raken bij een schandaal.

13 Adelaar: iemand die de traditionele manier van doen in stand houdt; iemand die niet een leider is, maar aan het eind staat van een traditie van leiderschap.

16 Gier
Cozcacuauhtli

Traditionele kenmerken volgens Durán:

"Voor hen die onder dit teken werden geboren betekende en voorspelde het een lang leven. Zij waren levenskrachtig, vrij van ziekten, lang, goed gebouwd, pezig, zij neigden tot kaalheid, ze waren voorzichtig, mannen die goede adviezen gaven en gezag hadden. Ze waren verstandig, ernstig, kalm, discreet, welsprekend en geneigd tot leraarschap en goed overleg. Ze hielden ervan goede raad te geven en het kwaad te veroordelen, ze waren verlangend leerlingen om zich heen te verzamelen en hen te instrueren."

Moderne kenmerken:

Iemand die zich interesseert voor status en reputatie, die in de verleiding kan komen bepaalde situaties ten eigen voordele te benutten. Iemand die omgaat met mensen die zich gemakkelijk laten domineren en die zich bewust is van de sterke en zwakke punten van willekeurig welke maatschappelijke situatie. Iemand die de situatie meester moet worden, desnoods met geweld.

Specifieke kenmerken van de getallen:

1 Gier: iemand die bewust gereserveerd is en zich om persoonlijke redenen afzondert van anderen; iemand die zichzelf straft. (Sahagún: "Het dagteken van de bejaarden, beschouwd als gunstig.")

2 Gier: iemand die kwetsbaar is en misschien lijdt onder een gebrek aan zelfvertrouwen; iemand die omgaat met mensen die zich superieur willen voelen.

3 Gier: iemand die de dingen dikwijls verkeerd begrijpt; iemand die te maken heeft met wat kapot en in verval is.

4 Gier: iemand die negatieve gevoelens koestert; iemand die anderen beheerst.

5 Gier: iemand wiens trots snel gekwetst is en die geneigd is zich zorgen te maken over maatschappelijke aangelegenheden. (Sahagún: "Geen goed teken.")

6 Gier: iemand die misschien een martelaar is; iemand die werkt met ziekten, misschien een genezer.

7 Gier: een religieus ingesteld iemand die misschien gelooft in zelfkastijding, zelfverloochening en celibaat.

8 Gier: iemand die geneigd is zich af te zonderen van anderen die niet hebben wat hij heeft; iemand die misschien rijk wordt.

9 Gier: iemand die zijn gevoelens voor anderen ontkent en geneigd is zich gereserveerd en afstandelijk op te stellen.

10 Gier: een leider van een kleine belangengroep; iemand die opportunistische neigingen vertoont. (Sahagún: "Een slecht teken.")

11 Gier: iemand die gedwongen wordt de waarheid onder ogen te zien; iemand die, zelf of in zijn omgeving, met geestesziekten te maken krijgt. (Sahagún: "Gunstig, men zou oud worden.")

12 Gier: een bedrieger die de grenzen van de maatschappelijke gebruiken overschrijdt; iemand die blijk geeft van afkeer. (Sahagún: "Een neutraal teken.")

13 Gier: iemand die te maken heeft met vernietiging en dood; iemand die te maken heeft met de duistere kant van het leven.

17 Aardbeving
Ollin

Traditionele kenmerken volgens Durán:

"Dit woord (*ollin*) betekent iets dat beweegt of met beweging te maken heeft en wordt geïdentificeerd met de zon. Alle mannelijke kinderen die onder dit teken worden geboren werden geacht mannen te worden die straalden als de zon. Men nam aan dat ze gezegend waren, fortuinlijk, dat hun lot gunstig was en dat ze gelukkig waren. Het werd als begeerlijk, veelbelovend en fortuinlijk beschouwd om onder dit teken geboren te worden. Zoals de zon de koning en de hoogste is temidden van de andere planeten, zo werd toegezegd dat degenen die onder dit teken waren geboren een hoge positie zouden bekleden op deze aarde. En dat werd, zoals reeds opgemerkt, toegezegd aan de mannen, omdat het teken op vrouwen een andere uitwerking had. Er werd voorspeld dat de vrouwen dom, dwaas, koppig, van een beperkte intelligentie, traag van begrip en verward zouden zijn. Maar ze zouden even rijk welvarend en machtig zijn als de mannen. Daarom was dit teken deels goed, deels neutraal."

Moderne kenmerken:

Mensen die zich bezig houden met het bepalen van het juiste moment en het opstellen van tijdschema's. Drukke maar ordelijke mensen die aan een tijdslimiet moeten voldoen. Iemand die zich met territorialiteit bezighoudt maar betrekkelijk onemotioneel is. Iemand die in veiligheid brengt wat van waarde is, zowel op het vlak van zijn carrière als in zijn persoonlijk leven.

Specifieke kenmerken van de getallen:

1 Aardbeving: iemand die geneigd is overhaast te handelen en automatisch op dingen reageert; iemand die optreedt in noodsituaties. (Sahagún: "Gunstig, maar het heeft te maken met boetedoening.")

2 Aardbeving: iemand die van veel dingen zeker is, die in zijn leven vaak plotselinge ontmoetingen en scheidingen zal meemaken.

3 Aardbeving: iemand die als boodschapper optreedt; iemand die zijn geest onder druk zet en zich met reparaties bezighoudt.

4 Aardbeving: iemand die zich bezighoudt met aanspraken op land en territorialiteit; iemand die zich scherp bewust wordt van vergissingen. (Sahagún: "Als dagteken vereerd, een dag van boetedoening en het 'voeden' van de zon.")

5 Aardbeving: iemand die relaties aanknoopt die vrijheid en individualiteit bevorderen; iemand die beheerst optreedt.

6 Aardbeving: iemand die met een strak tijdschema werkt, die te maken krijgt met stress en drukkende verantwoordelijkheden. (Sahagún: "Geen goed teken.")

7 Aardbeving: iemand die een op vertrouwen gebaseerde weg inslaat, die als gevolg van een openbaring correcties aanbrengt in zijn leven.

8 Aardbeving: iemand die te maken heeft met het delen van territorialiteit; iemand die kracht en stabiliteit opbouwt maar ten prooi valt aan een plotselinge crisis.

9 Aardbeving: iemand die de richting van zijn leven bijstelt als gevolg van een plotselinge ramp.

10 Aardbeving: iemand die tijdslimieten stelt om veel te kunnen bereiken; een tolk, een linguist, een schrijver en een onderzoeker.

11 Aardbeving: een overwerkt iemand die vaak chaos in zijn omgeving zal ervaren; iemand die vatbaar is voor ongelukken. (Sahagún: "Een slecht teken.")

12 Aardbeving: iemand die in zijn leven goede vrienden en hechte familiebanden zal vinden, die rust zoekt en van de dingen die hij heeft het beste maakt. (Sahagún: "Een goed teken.")

13 Aardbeving: iemand die de dingen wegneemt die een te zware belasting hebben veroorzaakt; iemand die dingen aanpakt op grond van ritme.

18 Mes
Tecpatl

Traditionele kenmerken volgens Durán:

"Dit werd als het ergste teken beschouwd, het was schadelijk voor de staat en voor de vermenigvuldiging van de mensheid. Er werd gezegd dat dit teken even hard en wreed was als een mes van vuursteen. Het was de oorzaak van onvruchtbaarheid bij mannen en vrouwen die onder dit teken waren geboren. Zo geloofde men dat iemand die hieronder geboren was nooit kinderen zou verwekken, wat door de inheemsen als een zeer groot verdriet en als de ergste ramp werd beschouwd. Het is tevens hun diepste reden tot schaamte. En in plaats van kinderen te krijgen doen zij veel kwaad en begaan zij zonden. Mensen die waren geboren onder het teken van het Vuurstenen Mes werden (in veel opzichten) als fortuinlijk beschouwd, behalve wat betreft hun onvruchtbaarheid en het verwekken van kinderen."

Moderne kenmerken:

Een drukke, actieve, harde werker. Iemand die voordeel put uit het feit dat hij besluitvaardig is. Iemand die aandacht heeft voor de feiten en zich bewust is van hiërarchie - die zijn grenzen precies kent. Iemand die worstelt met angsten en moraliteit als gevolg van belemmeringen in het onderbewuste.

Specifieke kenmerken van de getallen:

1 Mes: iemand die de aanzet geeft tot handelingen, die de leiding op zich neemt en gebruik maakt van het moment; een rivaal die het er goed afbrengt. (Sahagún: "Voorspoed, iemand die een dappere en beproefde krijger is, heldhaftig, een opperhoofd, iemand die zich eer en rijkdommen verwerft.")
2 Mes: iemand die zich bezighoudt met bezittingen en eigen-

domsaanspraken, iemand die graag alleen of in afzondering werkt.

3 Mes: een technisch ingesteld iemand of iemand die zich bezighoudt met onderhoudsbeurten en reparaties.

4 Mes: iemand die met vallen en opstaan door het leven gaat, iemand die soms pijnlijke keuzes doet.

5 Mes: iemand die voor het voetlicht staat en van fysieke moed blijk geeft; iemand met een concurrerende of militaire mentaliteit.

6 Mes: iemand die in staat is duidelijk onderscheid te maken; een kritische persoonlijkheid, die altijd bezig is en zijn huiselijke verantwoordelijkheden verwaarloost.

7 Mes: iemand die zich gedwongen voelt besluiten te nemen en prioriteiten te stellen; een hervormer. (Sahagún: "Een gunstig teken.")

8 Mes: iemand die strategisch denkt en tamelijk agressief is; iemand die een psychologische strijd aanbindt.

9 Mes: iemand die geneigd is te ver te gaan; iemand die merkt dat er druk op hem wordt uitgeoefend om een besluit te nemen of een keuze te doen en misschien verlies zal lijden.

10 Mes: iemand die succes heeft in de wereld en veel bereikt; een oorlogsheld die bijna de top van de maatschappelijke hiërarchie heeft bereikt.

11 Mes: iemand die zich bedrukt voelt en te lijden heeft van onderbewuste angsten; iemand die dingen voorbereidt.

12 Mes: iemand die een krachtige poging doet hindernissen te overwinnen en zich offers getroost om zijn overtuiging te kunnen volgen.

13 Mes: iemand die ontslag neemt of zich terugtrekt nadat hij verliezen te verduren gekregen heeft; iemand die worstelt met moraliteit.

19 Regen
Quiahuitl

Traditionele kenmerken volgens Durán:

"Aan allen die onder dit teken waren geboren, mannen en vrouwen, werd zeer veel tegenspoed voorspeld. Ze zouden blind, kreupel, mismaakt, puistig, melaats, schurftig, blaarogig, maanziek en waanzinnig zijn, handen als klauwen hebben, en alle kwalen en ziekten krijgen die met bovengenoemde rampen verband houden."

Moderne kenmerken:

Een kwetsbare en emotionele persoonlijkheid met diepgaande gevoelens, die zich bezighoudt met natuurbehoud, natuurlijke hulpbronnen en de verzorging van anderen. Iemand die op een huishoudelijke manier met de natuur omgaat maar open staat voor de geestenwereld en andere niveaus.

Specifieke kenmerken van de getallen:

- *1 Regen*: een liefdevol iemand die in anderen zoekt naar emotionele warmte; iemand die zeer vruchtbaar is. (Sahagún: "Het begin van een reeks kwade dagen. Degenen die hier werden geboren waren tovenaars en waarzeggers.")
- *2 Regen*: een koesterend iemand die planten kweekt, gewassen teelt en voedsel bereidt; iemand met een romantische instelling en sterk moederlijke neigingen.
- *3 Regen*: iemand die kwetsbaar is, die indrukken oppakt uit de omgeving; iemand die gemakkelijk te beïnvloeden en zeer begrijpend is.
- *4 Regen*: iemand die natuurlijke hulpbronnen gebruikt en in stand houdt; iemand die emotioneel enigszins star is, maar ook ruimhartig.

5 Regen: een vriendelijk, sociaal ingesteld iemand die houdt van feesten en het ontvangen van gasten; een zeer vruchtbaar iemand met kunstzinnige talenten.

6 Regen: iemand die zich bezighoudt met de dagelijkse plichten van het huishouden, met schoonmaken en reinigen; iemand die de dingen op de juiste wijze doet.

7 Regen: een zeer paranormaal begaafd iemand die de sleutels tot alle werelden onder zijn hoede heeft; iemand die kalmte en loutering zoekt. (Sahagún: "Iemand die barmhartig was, vol medegevoel en mededogen, en die voorspoed zou kennen.")

8 Regen: iemand die zich verdiept in de betekenis van liefde; iemand die zich met vrouwelijke zaken, vruchtbaarheid en voortplanting bezighoudt. (Sahagún: "Een boosaardige dag van dieven en overspeligen.")

9 Regen: iemand die in emotionele zin veranderlijk is; iemand die zichzelf in de watten legt maar desondanks lijdt onder emotionele beroering en teleurstelling.

10 Regen: een begaafd kunstenaar, zanger of musicus; iemand die werkzaam is in de dienstverlening, die zorgt voor andere mensen.

11 Regen: iemand met een gecompliceerd emotioneel leven dat zich concentreert rond de kwestie van het moederschap; iemand die geen moeder heeft, of een adoptiefmoeder, of een alleenstaande moeder.

12 Regen: iemand die zich bezighoudt met vrouwelijke aangelegenheden; iemand die dingen moet delen met mensen die anders zijn.

13 Regen: iemand die problemen heeft met emoties en met vruchtbaarheid; iemand die kennis heeft van het verleden, die de geschiedenis in herinnering roept. (Sahagún: "Een goede dag, fortuinlijk. Iemand wiens huis niets ontbeerde en die een hoge leeftijd zou bereiken.")

20 Bloem
Xochitl

Traditionele kenmerken volgens Durán:

"Dit was een teken dat in verband werd gebracht met meesters en ambachtslieden. Zo werd gezegd dat zij die onder dit teken waren geboren schilders, metaalbewerkers, wevers, beeldhouwers en steensnijders zouden worden - dat wil zeggen, (werkzaam in) alle kunsten die de natuur nabootsen. De vrouwen zouden wasvrouwen of uitstekende weefsters worden. Ze zouden bedreven zijn in het versieren van brood, zichzelf graag mooi maken en tooien, van geborduurde blouses en fraai versierde mantels houden. Deze mensen waren schoon, nauwgezet, ze werkten hard om in hun behoeften te voorzien, ieder met zijn eigen handen op dat terrein waar zijn bekwaamheid lag."

Moderne kenmerken:

Iemand die erg betrokken is bij relaties. Iemand die streeft naar lichamelijke eenwording, het samenvloeien van energieën onder invloed van liefde. Iemand die een grote behoefte heeft aan de mogelijkheid zich creatief te uiten; een kunstenaar, schilder of musicus. Iemand die samenwerkt met anderen, iemand die in een team werkt.

Specifieke kenmerken van de getallen:

1 Bloem: iemand die op zoek is naar liefde, die vaak het initiatief neemt tot een relatie; iemand die een liefdesmissie heeft. (Sahagún: "Gelukkig, geneigd tot zang en vreugde, een grappenmaker en een nar.")
2 Bloem: iemand die sentimenteel is en in relaties diepe gevoelens beleeft; iemand die in liefde een verbintenis zoekt.
3 Bloem: iemand die vriendelijk is en bijzonder open zijn gevoe-

lens voor anderen tot uitdrukking brengt.

4 Bloem: iemand die hard werkt om een relatie gaande te houden; iemand die bereid is tot medewerking en die bovendien vrijgevig is.

5 Bloem: een romanticus die zijn eigen verlangens volgt; iemand die voor de liefde leeft en ernaar verlangt.

6 Bloem: iemand die geneigd is in een relatie verantwoordelijkheid te dragen; iemand die gemeenschappelijke activiteiten plant.

7 Bloem: iemand die raad vraagt met betrekking tot een relatie; iemand die zich verdiept in denkbeelden over liefde. (Sahagún: "Een goed en voorzichtig ambachtsman die grote werken opzet. Een goed of een slecht teken, afhankelijk van het volbrengen van boetedoening.")

8 Bloem: iemand die in liefdesaangelegenheden en relaties een crisis en een periode van heling meemaakt; een sterke persoonlijkheid die misschien met groepen werkt. (Sahagún: "Een voorspoedige dag.")

9 Bloem: iemand die zich verdiept in de morele en filosofische aspecten van relaties; iemand die een relatie onderhoudt met mensen die zich ver weg bevinden. (Sahagún: "Geen goede dag - een dag van dieven en overspeligen.")

10 Bloem: iemand die in maatschappelijke aangelegenheden traditioneel is, die zich aan de sociale riten en conventies houdt.

11 Bloem: iemand die worstelt in de liefde, die naar transformatie streeft; iemand die gevoelens van liefde op schrift uitdrukt.

12 Bloem: iemand die wat betreft relaties losbreekt uit conventionele patronen; een vredestichter die zich zeer verdraagzaam opstelt ten aanzien van geschilpunten.

13 Bloem: iemand die streeft naar platonische liefde; iemand die betrokken raakt bij de laatste fasen van een relatie.

Gebruikte Literatuur

Arguelles, Jose, *The Mayan Factor*.
Aveni, Anthony F., *Skywatchers of Ancient Mexico*.
Azteeks manuscript - The *Codex Mendoza*.
Balin, Peter, *The Flight of the Feathered Serpent*.
Burland, C.A., *The Gods of Mexico*.
Burland, Cottie, *Thee Aztecs: Gods and Fate in Ancient Mexico*.
Carrasco, David, *Quetzalcoatl and the Irony of Empire: Myths and Prophecies in the Aztec Tradition*.
Caso, Alfonso, *The Aztecs: People of the Sun*.
Dahlberg, Edward, *The Gold of Ophir*.
Durán, Fray Diego, *The Book of the Gods and Rites and the Ancient Calendar*.
Fehrenbach, T.R., *Fire and Blood*.
Gutierrez, Arturo Meza, *El Calendrio de Mexico 1987*.
Heyden, Doris, en Luis Francisco Villasenor, *The Great Temple and the Aztec Gods*.
Horcasitas, Fernando, *The Aztecs Then and Now*. Jennings, Gary, *Aztecs*.
Landa, Frater Diego de, *Yucatan Before and After the Conquest*.
Meyer, Michael, en William L. Sherman, *The Course of Mexican History*.
Nuttall, Zelia, *The Codex Nuttall*.
Sahagún, Fray Bernardino de, *Codex Florentina*.
Soustelle, Jacques, *Daily Life of the Aztecs*.
Tedlock, Barbara, *Time and the Highland Maya*.
Tompkins, Peter, *Mysteries of the Mexican Pyramids*.
Tunnicliffe, K.C., *Aztec Astrology*.
Vaillant, George C., *Aztecs of Mexico*.
Volguine, Alexandre, *Astrology of the Aztecs and Mayans*.

Bibliografie

Burland, Cottie, *Gods and Fate in Ancient Mexico*, met foto's van Werner Forman, Londen, Orbin Publishing Ltd., 1975; herdruk Mexico, Panorama Editorial, 1980; oorspronkelijke titel: *Feathered Serpent and Smoking Mirror*.

Carrasco, David, *Quetzalcoatl and the Irony of Empire: Myths and Prophecies in the Aztec Tradition*, Chicago, University of Chicago Press, 1984.

Caso, Alfonso, *The Aztecs: People of the Sun*; in het Engels vertaald door Lowell Dunham, geïllustreerd door Miguel Covarrubias; Norman, University of Oklahoma Press, 1958.

Gutierrez, Arturo Meza, *El Calendrio de Mexico 1987*, Mexico, Kalpulli Toltekayotl, Grupo de Difusion Cultural, 1987.

Horcasitas, Fernando, *The Aztecs Then and Now*, Mexico, Minutiae Mexicana, 1979.

Vaillant, George C., *Aztecs of Mexico*, herzien door Suzannah B. Vaillant, Garden City, Doubleday & Company Inc., 1955.

EERDER VERSCHENEN SPELSETS BIJ UITGEVERIJ DE RING:

HET ORAKEL DER RUNEN (tweede druk)
door Ralph Blum

Ralph Blum, de Amerikaanse schrijver van het Orakel der Runen heeft zich, sinds de verschijning van zijn eerste boek over runen in 1962, tot een algemeen gerespecteerde autoriteit op dit gebied ontwikkeld. Omdat de klassieke interpretatie van de runen verloren is gegaan heeft hij een geheel nieuwe techniek en interpretatie ontwikkeld. Daardoor is zijn boek veelzijdig en interessant, toch is zijn uitleg eenvoudig en duidelijk gebleven. Ralph Blum legt de historische achtergrond van de stenen uit en geeft gedetailleerde beschrijvingen hoe de stenen te gebruiken en te interpreteren.
Bij het boek behoren 25 runestenen van gebakken aardewerk en een werpzak, tesamen verpakt in een plastic cassette.
Formaat boek: 18,3x13,4x1cm. Aantal pagina's: 119.
Formaat buitenzijde box: 19,2x14,9x3,3cm
ISBN; 90-800509-1-1, NUGI; 626.
Prijs: *f* 59,95   Bfr, 1090,-

HET KELTISCH DODENBOEK
door Caìtlin Matthews

Het Keltisch Dodenboek is een gids voor uw eigen reis door de Keltische Bovennatuurlijke Wereld. Het is een eenvoudig te leren systeem om zelfvertrouwen en inzicht te versterken, gebaseerd op een Keltische mythe. Het beschrijft de reis van een held die in eerste instantie uit wraak op reis gaat. Tijdens deze reis krijgt hij zoveel invloeden waarbij zijn intuïtie en voorzichtig handelen getest worden, te verwerken dat hij aan het eind van de reis zo'n verdieping heeft ondergaan dat daardoor zijn wraak opgelost is. Deze manier om gevoel te leren kennen helpt zowel bij het oplossen van problemen met uzelf of met anderen alswel met het aanvaarden van de dood als deze onafwendbaar op u afkomt.

Formaat boek: 22,5x20,3x1,4cm. Aantal pagina's: 139.
formaat buitenzijde box: 23,3x20,7x2,5cm.
42 full-color kaarten en legkleed
ISBN: 90-800509-5-4, NUGI: 626.
Prijs: ƒ 84,50 Bfr. 1525,-

DROOMKAARTEN
door Strephon Kaplan-Williams

'Droomkaarten' is een combinatie-pakket van symboolkaarten, duidingskaarten en een boek. Het is een totaal nieuwe manier van droombenadering volgens de psychologie van Prof. Jung, hierbij speelt de visualisering via de droomsymboolkaarten een grote rol. Strephon Kaplan-Williams is de stichter van het eerste droomwerk centrum: het Jungian Senoi Institute te San Francisco. Hij werkt als droomtherapeut en houdt voordrachten. Internationaal is hij een gerespecteerd auteur van boeken over groei-psychologie. Ook mensen die zich hun dromen niet kunnen herinneren, kunnen aan de hand van de symboolkaarten - op een manier die in het boek beschreven staat - zichzelf oefenen in het zich weer herinneren van dromen. Soms moeizaam, soms verrassend snel. De Droomkaarten zijn verpakt in een kartonnen doos waarin zich het 160 pagina's tellende boek, 66 prachtig geïllusteerde symboolkaarten en 66 duidingskaarten bevinden.
Formaat boek: 21,4x10,3x1cm. Aantal pagina's: 157.
Formaat buitenzijde box: 21,5x13,7x4cm.
ISBN; 90-800509-2-X, NUGI: 626 en 711.
Prijs: ƒ 84,50 Bfr. 1525,-

KOSMISCHE SLINGER DER TIJDEN
door Wim H. Zitman

Dit boek bestaat uit twee delen.
Deel I: De weg naar Atlantis - De onbegrensde kennis van oude beschavingen
Deel II: Het verborgen kosmische ritme van Manetho - Een reconstructie van de Egyptische dynastieën
Met bovengenoemd boek wordt een totaal andere weg ingeslagen in de bestudering van onze oude geschiedenis. De Kosmische Slinger der Tijden behandelt de oude verloren gegane kennis van cyclische en kosmologische tradities van de oude culturen van Egypte, Maya's en Babyloniërs. Deze omvangrijke wijsheid werpt een totaal nieuw licht op de chronologische tijdrekening. De aanvang gaat terug tot 28.968 BC en stemt volledig overeen met de fragmentarisch nagelaten manuscripten van de Egyptische hogepriester Manetho. Het omstreden karakter van zijn werk wordt weerlegd door toepassing van een ogenschijnlijk verborgen sleutel. Daarnaast plaatst het de aanvang van de huidige klassieke chronologie met 1.200 jaar terug tot aan het begin van de bijbelse chronologie. Tevens worden overeenkomsten aangetoond tussen de kosmische Maya-chronologie en die van de Babyloniërs. De theorie van de werken van Velikovsky, voornamelijk gebaseerd op de gedachte dat de planeet Venus een komeet was, wordt in essentie weerlegd en blijkt niet langer houdbaar. Het betwiste werk van Manetho blijkt een wezenlijke bijdrage te kunnen leveren aan de moderne natuurwetenschap. Last but not least wordt een oeroude geografische theorie onthuld over de mogelijke ligging van Atlantis. Deze ligging blijkt namelijk door de culturen van Stonehenge in Engeland, die van Egypte, Teotihuacan in Mexico en van Tiahuanaco in Bolivië feilloos aangegeven te zijn. Uitzonderlijk hierbij is dat de ligging van Atlantis gemarkeerd wordt door het beroemdste en meest opmerkelijke getal PI en de Gulden Snede Phi. Eenheden die hierdoor niet langer toegeschreven kunnen worden aan de Grieken.
Formaat 23x15,5x3cm., Aantal pagina's: ca. 270.
ISBN: 90-74358-04-7, NUGI: 641 en 814.
Prijs: ƒ 49,50   Bfr. 900,-

HALLO, IK BEN DE ZON
de aarde, ons mooie huis
Marleen Veldhoen - Illustraties: Maybritt de Vries
Een educatief kinderboek. Sprankelend en bijzonder geschreven en getekend waarin de diverse elementen, zoals de zon en maan, vuur en water, zelf vertellen wie ze zijn en waarom ze er zijn. Op een speelse manier wordt de verantwoording van de mens voor het millieu aan het eind beschreven.

DE SPEURTOCHT
Alfonso Lara Castilla
Het verhaal speelt zich af in Mexico en beschrijft de speurtocht van een jonge adelaar naar vrijheid en zelfontplooiing. Op deze reis komt hij veel vogels tegen die allemaal een stukje van de maatschappij en een manier van denken vertegenwoordigen. Door al deze verschillende meningen en invalshoeken wordt hij heen en weer geslingerd tussen moed en wanhoop. Langzaam vindt hij, na veel verwarrende emoties, zijn eigen weg en ontplooit zich tot wat hij eigenlijk is. Een prachtige adelaar vol zelfvertrouwen!

ONTRAADSELDE TEKENS
Noud van den Eerenbeemt
Dit is een mystiek verhaal dat zich afspeelt in het oude pre-historische Europa. Een prins trekt weg om te zoeken naar de hogere waarden van het leven om daardoor een goed leider te kunnen worden voor zijn volk als de tijd komt zijn vader op te volgen. Hij leert de wijsheid der runen kennen die hem via een oude vrouw meegedeeld wordt in orakel uitspraken. Hierdoor leert hij ook dat voor zijn volk de eindperiode aangebroken is. Wat voor hem de situatie verzacht is zijn liefde voor een mooie jonge vrouw, ook deze relatie is vol van mystiek.

Deze uitgaven zijn verkrijgbaar via boekhandel of uitgever.

Wilt u op de hoogte gehouden worden van nieuwe uitgaven zend dan uw naam en adres portvrij naar Uitgeverij De Ring - Antwoordnummer 2000 - 7900 VG HOOGEVEEN.